섬 카페

쉼 카페

정기옥 소설

문학나무

자신의 색깔로 빛날 수 있다는 믿음으로

어린 날의 감성이 독서로 이어진 것은 중 고등학교에 다니던 언니들이 문학전집을 집에 가져오면서였습니다. 초등학생이었던 나는 방학이면 아침부터 방바닥에 배를 깔고 해지는 줄 모르고 책 읽는 재미에 빠졌습니다. 그렇게 형성된 독서습관은 평생 나의 동반자요 친구가 되었습니다. 학창시절을 지나 결혼하고 아이를 키우면서 더 다양한 분야의 책을 읽었습니다. 독서는 시공을 뛰어넘어 인생의 시야를 확장시켜 주었지요.

치유하는 글쓰기를 해야겠다고 마음먹은 것은 헨리 나우웬 책 『상처 입은 치유 자』를 읽은 다음이었습니다. 슬퍼하는 자들과 함께 슬퍼하고 아파하는 자들과 함께 아파하고 싶었습니다. 능력과 경쟁에서 우위를 점하고 최고가 되어야 한다는 강박, 뒤쳐지는 이들에 대한 무시가 아니라 함께 도우면 할 수 있다고 용기를 주고 싶었습니다. 우리 모두는 자기만의 별에서 자신의 색깔로 보석처럼 빛날 수 있다는 믿음으로 나를 위로하고 너를 위로하며 그 마음을 담은 8편의 소설을 쓰게 되었습니다. 소설을 쓰면 쓸수록 자신의 한계성과 부족함에 셀 수 없이 몸부림쳤지만 그럼에도 불구하고 글을 쓰는 시간은 나를 돌아보고 치유하는 시간이었음에 감사의 고백이 나옵니다.

인생에는 터닝 포인트마다 중요한 만남이 있습니다. 그 만남 중에 스승님과의 만남은 빼 놓을 수 없습니다. 먼저 발문을 써주신 소설가 이건숙 사모님께 마음깊이 감사드립니다. 초보 글쓰기 작가로서 첫 발걸음을 내딛을 때부터 큰 스승님이 되셔서 지금까지 이끌어 주셨습니다. 우리 기독교 최초 50년 역사 대하소설 『바람

바람 새바람』을 출간하시고 대한민국기독예술대상을 수상하심에 진심으로 축하드립니다.

또한 부족한 글에 평설을 주신 소설가 황충상 교수님께도 감사를 드립니다. 왜 힘든 작가의 길을 가야 하는지, 왜 글을 쓰는지 끊임없이 되묻고 마음에 되새김질하게 해주셨습니다. 소설집 『사람본전』으로 제11회 '황순원문학상' 작가상 수상하심을 축하드립니다.

그리고 소설가 한상윤 선생님께도 감사 인사를 올립니다. 가까운 지역에 계시면서 격려해주시고 칭찬해주신 덕에 힘을 얻어 열심히 정진할 수 있었습니다. 귀한 스승님들의 가르침으로 여기까지 창작의 끈을 놓지 않고 달려왔습니다.

기도로 크리스천문학나무를 키우시는 신성종 목사님과 늘 함께해준 크리스천문학나무작가회 회원 동료 문우님께도 감사드립니다.

특별히 제 책의 표지와 내지에 실린 그림 9점을 선뜻 허락해주신 윤문선 화가 목사님께 고맙습니다. 몇 해 전 오페라 가수로 활동하던 맏아들을 잃는 큰 슬픔을 겪었음에도 윤문선 목사님은 힘든 순간 붓을 들어 훌쩍 떠나버린 아들을 안아주려는 마음을 그림에 담았습니다. 모든 그림의 제목은 〈아버지의 사랑〉이 주제입니다.

글을 쓸 수 있도록 지지해주고 배려해준 사랑하는 남편 원영진목

사와 제대로 돌보지 못해도 엄마를 믿고 지지해준 아들 예찬 딸 예림에게도 감사를 전합니다.

마지막으로 몇 년 전 천국으로 이사하신 시부모님 영전에, 27년 전 세상을 떠나신 아버지께, 또 90세의 생일을 막 지나신 어머니께 이 책을 바칩니다.

첫 소설집 출간을 앞두고 새벽에 기도할 때마다 마음을 어루만져 주셨던 주님! 이 모든 영광과 감사를 하나님께 올립니다.

2022년 11월
여주의 너른 들에서
정기옥

차례

두 그림자

아내가 나의 마음을 읽었다는 듯 말했다.

"후회 없지?"

"응."

"정말이지?"

"응."

아내가 현관에 서서 나를 향해 손을 흔들었다. 아내의 얼굴을 힐끗 보았다. 아내와 처음 만난 날 헤어질 때 풋풋한 미소 지으며 손 흔들던 모습이 오버랩 되었다. 나는 아내의 눈을 처음으로 가만히 응시했다.

"고마웠고 미안했어."

나는 그렇게 아내에게 작별을 고했다. 나는 마음이 더 추워지기 전에 담담한 척 돌아섰다. 몇 발자국 걸어 나오는데 다리가 후들거렸다. 수치심이 몰려왔다. 혼란스러운 감정이 물밀 듯 몰려와 다시 뒤를 돌아보았다. 아내에게서 내 그림자가 빠져 나가고 있었다.

두 그림자

　수면제를 꺼냈다. 빈 컵을 정수기에 대고 차가운 물과 뜨거운 물을 반반 받았다. 나는 손에 든 수면제를 미지근한 물과 함께 입에 털어 넣었다. 밤새 뒤척이다 새벽녘 잠이 들었다. 알람소리에 눈이 떠졌다. 몸이 물먹은 솜 같았다. 침대에 누워 머리맡 창가의 커튼을 천천히 열었다. 창문너머 들어오는 아침 햇살에 눈이 부셨다. 등 근육이 단단히 뭉쳤는지 등 쪽으로 통증이 찌릿했다. 나는 몸을 둥글게 말고 옆으로 누웠다.

　'저놈의 태양 오늘도 어김없이 뜨는군. 겨우 눈 좀 붙이려 했더니.'

　나는 배를 반쯤 덮고 있던 이불을 밀쳐내고 일어나 앉았다.

　'지겨운 하루. 또 시작이군.'

　함께 살고 있는 고양이 오월이가 곁으로 다가와 내 얼굴을 빤히 바라보더니 그르렁 목 긁는 소리를 냈다. 나는 오랫동안 깎지 않아 덥수룩한 수염을 손으로 한번 쓸어내렸다. 욕실로 향했다. 샤워 꼭지를 틀고 머리에 물을 적셨다. 샴푸 액이 바닥을 드러내고 있었다. 아내의 잔소리를 듣지 않으려면 뭐든 아껴야 했다. 샴푸통에 물을 가득 채우고 가라앉은 샴푸액과 잘 흔들어 나머지 한 방울까지 머리에 들이부은 다음 쓰레기통에 던졌다. 원형 탈모가 진행 된 머리는 정수리가 휑했다. 탈모 샴푸로 바꿔야겠다고 생각하며 머리카락 한 올 한 올 물로 여러 번 조심스레 헹구어 냈다. 젖은 머리를 가만가만 수건으로 턴 다음 벗어놓은 속옷을 조각비누로 비비적거렸다. 아내는 비누조각도 올이 나간 스타킹 안에 넣은 다음 입구를 묶어 뭉쳐 썼다. 아내의 신조는 이랬다.

'우리 형편에 뭐든 아껴 써야 하는 거 몰라? 이렇게 쓰면 비누를 한 달은 더 사용할 수 있어.'

그뿐만이 아니었다. 아내는 치약은 끝까지 꽉 짜서 쓰고 그것도 모자라 가위로 배를 갈라 썼다.

'이렇게 하면 치약을 두 번은 더 사용 할 수 있다고.'

출근하면서 아내가 냉장고에 메모지를 붙여놓았다.

'당신이 해야 할 일. 설거지통에 빈 그릇 없기. 빨래는 세탁기 돌려서 널어놓기. 화장실에는 물때 없이 항상 깨끗하게 할 것.'

화장실 거울 앞에 서서 면도를 했다. 길게 자란 수염을 깎아내리

자 광대뼈가 더 도드라졌다. 햇빛을 본 지 오래된 얼굴은 희멀건
했다. 거실 빨래 건조대에 속옷을 넌 다음 베란다로 나가 키우고
있는 화초에 물을 주었다. 베란다에는 여러 종류의 난이 있었다.
아내는 석부작위에 풍난을 키우는 것을 좋아했다.

"적당히 물을 주란 말이야. 너무 자주 주면 썩어. 주기를 잘 맞추
라고."

"어련 할까봐."

아내는 선인장과인 천년초도 키우는 것을 좋아했다. 영하 20도
의 혹한에서도 얼어 죽지 않는 천년초의 강한 생명력을 때마다 강
조하며 그 성질이 자신을 닮았다고 했다. 아내는 아침마다 생잎줄
기 한 장을 3등분하여 요구르트와 섞어 갈아마셨다. 그날은 웬일
로 나에게 천년초 주스 한 잔을 내밀었다.

"천 가지 병을 고친다고 천년초래. 먹어볼래?"

"아니."

천년초 꽃은 여름이면 노랗게 피어났다. 난 그 색감이 예뻐 꽃이
피어나는 시기에는 넋을 놓고 바라보았다. 천년초 노란 꽃을 보면
20대 청초했던 젊은 아내를 보는 것 같았다. 푸르름은 어느 새 사
라진, 삶과 생활에 찌들어버린 아내가 경멸어린 시선으로 나를 벌
레 보듯 힐끔 보더니 이내 현관문을 꽝 닫고 나갔다. 나는 애써 모
른 척했다.

배가 출출했다. 전날 저녁부터 아무것도 먹지 않은 배에서 꼬르륵 소리가 유난히 크게 들렸다. 냉장고 문을 열었다. 냉장고 서랍 안쪽에 덩그러니 계란 한 개가 놓여 있었다.

"벌써 계란이 다 떨어졌나? 사온 지 일주일밖에 안 되었는데."

아내가 출근하고 나면 스크램블 에그를 해먹는 게 나의 유일한 기쁨이었다. 텅 빈 냉장고 안이 내 마음 같아 울적해졌다.

"아껴라, 아껴라 하며 식료품비도 무 지출. 정말 대단한 여자야. 남편은 안중에도 없지. 지 좋아하는 건강식품은 쌓아놓고 먹으면서. 하여튼 아이러니 그 자체야."

오월이는 발치에 몸을 가만히 웅크리고 앉아 꼬리를 살짝 흔들며 나를 올려다보았다. 나는 풀죽은 목소리로 말했다.

"오월아. 이젠 소소한 기쁨도 포기해야 되나보다. 계란 값이 올라 열 개에 구천 오백 원이라니. 무슨 황금알도 아니고 말이지."

오월이는 동그랗고 새카만 눈동자를 나를 향해 치떴다. 가스레인지 위에 프라이팬을 올리고 불을 켰다. 타다닥 소리를 내며 파란 불꽃이 단단한 쇳덩이에 닿았다. 달궈진 프라이팬에 버터를 녹인 후 깨뜨린 계란과 우유를 잘 섞어 부었다. 계란을 이리저리 저었다. 촉촉하고 부들부들한 스크램블 에그를 먹을 때 나는 가장 행복했다.

정수기에서 물을 받아 맹물 한 컵 들이키고 다시 잠을 청하려 침대에 누웠다. 가슴이 답답했고 명치끝이 아파왔다. 숨이 제대로 쉬어지지 않았다. 커다란 돌덩이가 몸을 짓누르는 것 같았다. 창문너머 태양은 여전히 빛나고 있었다. 제발 잠 좀 자자고. 나는 중천에 떠있는 태양을 향해 삿대질을 하다 회색커튼을 내리고 눈을 감았다.

내 책은 신간서적의 싱그러움을 자랑하며 서점 가판대 위에 새 얼굴을 들이밀었다. 작가 데뷔 십년 차, 벌써 네 번째 소설집이었다. 독자의 선택을 바라며 서점 한 모퉁이에서 한두 달을 힘겹게 버티는가 싶더니 결국 물류창고 재고로 쌓이는 신세를 면치 못했다. 밤을 지새우며 매일 몇 천자씩 써 내려간 날들이 주마등같이 뇌리를 스쳤다. 어떤 날은 열 시간씩 글만 썼다. 오랫동안 엉덩이를 붙이고 앉아 자판을 두드리다 보니 허리와 다리의 통증, 손목의 저림 현상이 점점 심해졌다. 마지막 탈고 직전에는 오른쪽 다리에 습진이 올라와 매번 벅벅 긁어댔다. 짓무른 살에 피딱지가 생겨 하얀 연고를 발랐지만 나이를 먹어가는 탓인지 새살은 쉽게 올라오지 않았다. 손톱으로 긁어댄 다리엔 붉은 흉터만 남았다. 나는 오월이를 보며 중얼거렸다.

"오월아. 이번에도 안 팔리면 글이고 나발이고 때려치워야겠다. 네 사료 값도 안 되니 말이야."

오월이는 방울 달린 목으로 '야옹' 소리를 내며 마치 뭘 안다는 듯 꼬리를 수직으로 세우고 나를 빤히 올려다보았다.

새 책을 출간할 때마다 수많은 독자들이 내 책을 찾아 읽으리라 핑크빛 환상을 품었다. 평생 헛것을 쫓는 삶이 아니라 의미 있는 삶을 살고 싶었다. 내 안에 고여 있는 씨앗 하나를 잘 싹틔워 이 세상에 내보내고 싶었다. 환상은 환상으로 끝났다.

통장 잔고는 기어이 바닥을 드러냈다. 밤마다 악몽을 꾸었다. 꿈속에서 나는 벌거벗은 몸으로 강추위에 칼바람을 맞으며 떨고 있었다. 며칠 밤을 뜬 눈으로 지새웠다. 같은 대학 국문학과를 나와 방송국에서 드라마 작가로 잘나가고 있는 친구 A에게 전화를 걸어 만남을 약속했다.

"네가 웬일이냐. 오래 살고 볼 일이다. 내가 진즉에 얘기했지? 돈 되는 글을 쓰라고."

A는 동그란 안경테 너머 기묘한 눈웃음을 지었다. 쉴 새 없이 지껄이는 툭 튀어나온 A의 입술을 보고 있노라니 삶은 돼지머리 입이 떠올랐다. 나는 속이 미식거리는 걸 애써 누르며 입가에 비굴한 미소를 띠고 A에게 말했다.

"그래. 친구 덕 좀 보자."

뻣뻣한 머리카락에 헤어왁스를 잔뜩 바르고 한껏 멋을 낸 A가 내 어깨를 툭 쳤다.

"일감 줄 테니 내 밑에서 서브 작가 해봐. 방송작가의 생명력은 시청률인거 알지? 장르 물 아이디어 찾는 법부터 배워."

A는 대중성을 간파하는 뛰어난 안목의 실력자였다. 한껏 거들먹 거리는 A의 말에 나는 연신 고개를 끄덕였다. 한참 작업에 몰두하 던 어느 날 A가 뜬금없이 말했다.

"작가는 단순 노동자가 아니야. 창작자인거 알지? 개성미 넘치 는 캐릭터와 탄탄한 스토리 구성이 장수하는 작가의 생명력이야. 무엇보다 이 바닥에선 버티는 힘이 중요해. 명심해."

"알았어. 열심히 해볼게."

며칠 밤을 뜬눈으로 지새우며 방송 원고를 써내려갔다. 그날 아 침도 잠깐의 쪽잠을 자고 일어난 나는 계란 한 알을 깨뜨려 컵에 부었다. 나는 기지개를 켜고 손을 내리다 컵을 살짝 건드렸다. 컵 은 싱크대 바닥으로 넘어졌다. 동시에 노른자 한 알이 컵에서 미끄 러져 내려와 개수대 수챗구멍으로 쏙 빠졌다. 나는 꼬르륵 거리는 배를 움켜쥐고 노란 알을 쏘아보았다.

'계란 값이 금값인데. 이걸 어째?'

숟가락을 개수대 홈으로 가져갔다. 수챗구멍 안에서 음식 찌꺼기 와 뒤엉켜 있는 노른자를 조심스레 걷어 올렸다. 헹궈 먹을까? 잠 깐 고민하던 나는 노른자를 다시 개수대에 부어버렸다. 그 순간 계란 노른자가 수챗구멍으로 빠지며 팍 하고 터져 나갔다. 나는 눈을 질끈 감았다가 떴다. 수챗구멍 한가운데 하얀 막을 찢고 터져나간 노른자가 노란 태양 같았다. 스스로를 향한 체념과 환멸에 무채색 꽃같이 생기를 잃은 시간들을 고이고 있던 나는 머리를 한 대 강타 당한 느낌이었다. 그토록 싫어했던 태양의 환한 빛이 노란 그림자 로 갈아입고 스멀스멀 내 손등을 타고 올라와 근원적인 나의 창작 본능을 깨우고 있었다. 어쩌면 가장 고결한 것은 시궁창을 뚫고 나 오는 그 무엇인지도 몰랐다. 씨실과 날실을 엮어 짜듯 씨름하며 견 뎌왔던 숙명 같은 시간들에 새 옷을 입혀주고 싶은 욕구가 차올랐 다.

오랜만에 거울 앞에 섰다. 옷장에서 가벼운 점퍼를 꺼내 걸쳤다. 방마다 커튼을 걷고 창문을 활짝 열었다. 커튼에 가려졌던 햇빛이 어둡고 눅눅하던 방에 뭉텅이로 쏟아져 들어왔다.

현관으로 향했다. 신발장에서 등산화를 꺼내 신고 신발 끈을 단 단히 동여매고 웅크렸던 어깨를 폈다. 나는 앞산으로 걸음을 재촉 했다. 산 중턱쯤 도달했을 때 능선을 타고 불어오는 봄바람이 이마 에 맺힌 땀을 식혀주었다. 산길 따라 여기저기 늘어서 있는 생강나 무가 눈에 들어왔다. 새봄을 맞이하는 생강나무 가지에 따스한 햇 살이 내려앉아 막 피어나기 시작한 생강꽃이 노란 태양과 입맞춤 하고 있었다. 산 위에 서서 머리를 어지럽히는 생각들을 바람에 실려 보내며 산 아래를 내려다보았다. 더는 아내에게 벌레취급 당하고 싶지 않았다. 그래. 방송작가로 우뚝 서보는 거야. 태양이 스스로를 온전히 태워 빛나듯, 재처럼 하얗게 시간을 태우다 보면 안 될 일은 없어. 나는 주먹을 불끈 쥐었다. 시들어버린 아내의 눈동자에 다시 생기를 불어넣어 주리라 다짐하며 산을 내려왔다.

노트북을 들고 근처 카페로 향했다. 샌드위치 한 개와 레몬에이드를 시켰다. 페이스 북과 인스타그램을 차례로 열어보았다. 일상을 올리는 작가들의 피드를 하나씩 쭉 훑어보았다. 그들은 동영상, 사진, 하루의 이야기들을 올려놓고 서로 댓글로 소통하고 있었다. 내용은 모두 달랐지만 말미에는 대부분 지금 쓰고 있는 소설을 잘 써야겠다는 멘트로 귀결되었다. 나는 글마다 '좋아요'를 눌러준 다음 떠오른 구상이 머릿속에서 사라지기 전에 플롯을 써내려갔다. 손끝에서 글자들의 조합이 춤을 추는 것 같았다.

늦은 밤 가게 일을 끝내고 거실에 들어선 아내의 입에서 비명이 터져 나왔다. 아내의 눈동자가 크게 흔들리고 있었다.

"내 옷 건드린 사람 누구야? 누구냐고?"

종일 카페에서 글을 쓰다 지친 나는 텔레비전에서 방영하는 동물의 왕국 다큐멘터리를 보며 머리를 식히고 있었다. 화면 속 초원을 거닐던 사자가 하이에나에게 슬금슬금 다가가고 있었다. 하이에나

정기옥 소설

는 땅속에 얼굴을 박고 배를 채우며 방심했다. 순간을 포착한 사자는 전속력으로 달려 하이에나의 목을 콱 물었다. 하이에나의 목에서 붉은 피가 솟구쳤다. 빨래를 개고 있던 나는 텔레비전에 시선을 고정한 채 아내에게 대꾸했다.

"왜 그래. 당신 옷을 누가 건드렸다고."

아내가 내 쪽으로 다가오더니 나를 노려보았다. 아내는 리모컨을 쥐고 있는 내 손을 탁 쳤다.

"옷들이 지금 흐트러져 있잖아. 내 거에 손댄 흔적 자체가 소름 끼치도록 싫단 말이야."

어느 새 사자가 하이에나의 몸뚱이를 다 먹어치웠는지 붉은 피가 묻어있는 하이에나의 갈비뼈가 화면을 가득 채우고 있었다. 나는 일어서서 아내에게 다가갔다.

"옷 옆에 몇 가지 엉켜있는 다른 물건들만 살짝 빼서 치웠는데 뭐가 문제야. 당신 옷들 그대로잖아."

흥분한 아내의 목소리가 온 집안을 집어 삼킬 듯했다. 딸애가 방문을 열고 겁먹은 얼굴로 내다보다가 제 방문을 다시 닫았다. 아내의 눈이 붉게 충혈되어 있었다.

"온종일 서서 일하고 들어왔어. 죽을 거 같이 피곤해 쓰러질 지경이라고. 내 거에 손대는 게 세상에서 제일 싫다 했지."

"당신 옷들 거실에 뭉텅이로 쌓여 산을 이루기 시작한 지 벌써 두 달째야. 도대체가 사람이 사는 건지 물건이 사는 건지. 집구석이 썩어나가는 것 같아."

"내가 조만간 정리한다 했지? 당신도 당해봐."

내 말을 듣는 둥 마는 둥 아내는 자기 하고 싶은 말만 했다. 아내는 늘 그랬다. 두 주먹을 불끈 쥐고 서 있던 아내가 옷 방으로 뛰어갔다. 옷장 문이 열리는 소리가 들렸다. 열린 문틈으로 아내가 내 옷을 뭉텅이로 꺼내 방바닥에 패대기쳤다. 이내 아내는 식탁 쪽으로 달려갔다. 식탁 위에 놓여있던 가위를 잡아드는 아내의 손등 위파란 힘줄이 도드라졌다. 아내는 한손으로 가위를 단단히 쥐고 나에게 다가왔다. 나는 그런 아내를 빤히 쳐다보았다. 아내가 내 쪽으로 가위를 치켜들었다. 나는 흠칫 뒤로 물러섰다. 아내는 내 앞에 떨어져 있는 양복바지 하나를 집어 들고 갈기갈기 난도질 했다. 어느 새 나도 얼굴이 달아오르고 호흡이 가빠졌다.

"뭐하는 짓이야?"

"내 물건에 손대는 순간 내가 부서지는 느낌이라고 몇 번을 말해?"

나는 심호흡을 크게 한번 내쉬고 흥분한 아내를 가만히 보았다. 이내 헛웃음이 나왔다. 나도 같이 미쳐가는 건가? 수만 가지 생각이 일시에 굴러들어와 나를 묶었다. 심장이 두근거렸다. 알 수 없는 깊은 절망감이 온몸을 칭칭 휘어 감았다. 마음을 진정시키려 두 손을 꽉 잡았다. 나는 불 꺼진 내 방으로 들어와 잠시 서성였다. 컴컴한 방에서 밤의 창문으로 바깥 풍경을 내다보았다. 도시의 밤 풍경은 휘황찬란했다. 수많은 불빛이 작은 별처럼 점점이 빛나고 있었다. 나도 모르게 다리에 힘이 풀려 침대 모서리에 쓰러지듯 걸터앉았다. 아내는 나를 버리고 싶었으나 어쩌지 못하여 스스로의 올무에 빠져 절규하는 듯했다. 언제부터 아내가 변하기 시작한 건지 가만히 생각했다.

처음엔 아내도 기쁜 마음으로 작가의 길을 응원했다. 아내가 동네에서 작은 편의점을 운영한 지 십년 동안 나는 동그란 안경테 너머로 눈만 껌뻑거리는 글쟁이 백수가 되어가고 있었다. 먹어가는 나이만큼 나도 아내에게 값어치를 하는 남편이 되고 싶었다. 생활에 찌들어가는 아내의 고통을 덜어줄 수 없기에 나는 그저 속수무책으로 아내의 히스테리를 견딜 수밖에 없었다.

양복바지 사건 후로 아내와 말을 섞지 않았다. 밤마다 비슷한 꿈을 꾸다 한밤중에 깨어났다. 베개 머리맡 두 마리 뱀이 똬리를 틀고 있었다. 뱀 한 마리가 아내의 머리카락에 달라붙었다. 아내의 가느다란 머리카락은 금세 수십 마리의 실뱀으로 변했다. 뱀들은 점점 몸을 불리더니 날카로운 이빨로 내 살점을 물고 뜯었다. 아내의 이글거리는 눈동자가 나를 향해 불타올랐다. 아내의 눈과 마주친 순간 나는 돌로 굳어버렸다. 나는 밤중에 깨면 뜬 눈으로 날을 새웠다. 그렇게 불면의 밤이 시작되었다. 꿈과 현실의 구분이 어려운 날들이 지속되자 머릿속은 뿌연 안개에 갇혀버렸다. 나는 쓰던 방송 원고들을 한쪽 구석에 밀어 놓았다. 집안에 흐르는 냉기를 견디며 아내의 안색을 살펴보는 게 하루 일과가 되었다. 내가 알았던 그 여자가 아니었다. 어쩌다 아내의 시선과 마주치면 몸이 오그라드는 느낌이 들어 나도 모르게 눈을 내리깔았다. 음지를 기어 다니는 징그러운 벌레를 보는 듯 나를 째려보는 아내의 눈초리가 매서웠다. 얼마간의 시간이 흐른 후 나는 작전을 바꿔보기로 결심을 했다.

"여기 계란 프라이랑 토마토샐러드 먹어. 당신 좋아하잖아."

"됐어."

"성의를 봐서라도 먹지."

출근하는 아내는 신경질적이고 예민한 시선으로 나를 힐끗 쳐다보았다.

"퇴근하고 돌아오면 나 피곤하니까 빨래 해 놔."

아내는 쌩하고 몸을 돌렸다. 대충 집안을 정돈하고 스터디카페로 향했다. 그날은 종일 그곳에 앉아 글을 썼다. 방송 원고를 A의 메일에 전송했다. A에게 보냈음을 알리는 문자 한 통 남겼다. 몇 시간이 지난 후 A에게서 검토해 보고 연락을 주겠다는 답신이 왔다.

어스름 해질 무렵 귀가한 나는 등짝과 아픈 허리를 매만지다 침대에 쓰러져 깜빡 잠이 들었다. 쨍그랑. 유리 깨지는 목소리가 귓가를 울렸다. 아내가 내 머리 맡에 서 있었다.

"빨래 해 놓으라 했잖아."

나는 잠이 덜 깬 얼굴로 그녀를 올려다보았다.

"왔어? 일찍 왔네."

"집에서 허구한 날 하는 일도 없이 글만 쓴다고?"

"……."

"희망이 있을 거 같아?"

아내는 이내 돌아서서 부엌으로 향했다. 그날따라 글에 집중하느라 먹은 그릇을 설거지통에 담가놓고 치우지 않았다. 그릇들이 싱크대에서 요란하게 뒤엎어지고 있었다. 아내의 날 선 목소리가 내 방 침대를 울렸다.

"지긋지긋 해!"

화산 폭발하듯 갑자기 발광하는 아내의 히스테리는 날이 갈수록 잦아졌다. 내 앞에서 아내의 얼굴이 독사의 머리로 변했다. 아내가 말할 때마다 독사의 갈라진 혓바닥 두 개가 쉭쉭 거렸다. 그런 아내를 보는 건 공포였다. 아내가 발작적으로 고함을 지르고 악다구니를 쓸 때마다 나는 아내의 목소리를 몰래 녹음했다. 분명 내가 처음 좋아서 결혼했던 그 여자가 아니었다. '능력만 있으면 너 같은 여자랑 안 살아. 안 산다고.' 목구멍에서 맴도는 말을 입 밖으로 내뱉고 싶었다. 눈만 감으면 온통 검은 사막이 휘장처럼 나를 에워

쌌다.

A에게서 답신이 왔는지 궁금했다. 불안한 마음에 생각이 복잡해졌다. 메일을 열어보았으나 읽지 않음 표시가 떠있었다. 나는 A에게 문자 한 통을 더 보내려다가 지웠다. 나는 어디만큼 온 걸까? 내 몸을 눕히는 싱글침대가 있는 이 작은 공간마저 내 것이 아닌 것 같았다. 무엇이 상처인지도 분간이 안가는 그런 날들 속에서 토막잠을 청하여도 잠이 오지 않았다.

집을 나가기로 결심한 날이었다. 나는 손바닥 크기의 넓적한 돌을 들고 조각가를 찾아갔다.

"이 돌에 메두사의 얼굴을 새겨 주세요."

얼마 후 택배가 왔다. 택배를 뜯었다. 아침에 아내가 출근하자마자 아내가 기거하는 안방 침대 머리맡에 메두사의 얼굴이 새겨진 돌을 올려놓았다. 뱀의 머리로 둘러싸인 메두사의 얼굴은 기이했다.

'이 시간 이후로 날 잊어줘.'

메모장에 한 줄 써내려가는 손끝이 파르르 떨렸다. 나는 아내에게서 내 흔적을 지우고 싶었다. 그렇게 잊히고 싶었다.

나는 일어섰다. 문득 방 한가운데 벽에 걸려있는 액자에 눈길이 갔다. 사진 속 아내는 젊었고 생기가 넘쳤다. 가까이 다가가 들여다보았다. 아내는 내 어깨에 기대어 환하게 웃고 있었다. 사진 속 아내 얼굴 위로 내 얼굴이 아련히 겹쳐 보였다. 표현할 수 없는 상

실감이 가슴 깊은 곳에서 올라왔다. 눈물이 볼을 타고 흘러내렸다. 경멸과 환멸로 썩어가는 내 육신에 깊이 신음하는 아내의 영혼을 느꼈지만 더 이상 간극을 좁히는 것이 쉽지 않다고 생각했다. 아내 방을 지나 내 방으로 건너갔다. 나는 가방을 꺼내 노트북을 집어넣었다.

집을 나섰다. 두 블록을 걸어가면 아내가 운영하는 편의점이었다. 나도 모르게 발걸음이 그쪽으로 향했다. 유리문 너머 아내의 등이 보였다. 아내는 물건을 차례로 정렬하고 있었다. 아내가 고개를 모로 돌렸다. 피곤에 절은 아내의 지친 얼굴이 보였다. 아내는 상품을 정리하는데 정신을 쏟느라 내가 지켜보고 있는 것도 몰랐다. 아내의 등 뒤로 아내의 그림자가 힘없이 늘어져 있었다. 아내의 그림자가 유령 같았다. 편의점을 지나 몇 걸음 걷다가 뒤를 돌아보았다. 밑바닥까지 요동쳤던 상처난 감정의 편린들이 길게 드리워진 그림자가 되어 나를 뒤따르고 있었다. 나는 수많은 그림자들 속으로 내 그림자를 갈아입으며 그냥 앞만 보며 걸었다.

작은 골목을 가로질러 지하철역을 향해 걸었다. 지하철역에서 전철로 갈아타고 시내 외곽으로 향했다. 엄마는 도시 외곽의 작은 동네에 살고 있었다. 전철역에서 나와 버스를 탔다. 시골 버스 정류장은 한산하다 못해 적막했다. 동네 입구에 들어서자 백발이 성성

한 할머니가 기운 없는 다리를 끌며 어르신보행기를 쓰러질 듯 힘겹게 밀면서 걸어가고 있었다. 엄마 집을 향해 올라가는 길, 양옆으로 연한 베이지색 목 수국이 풍성하게 피어있었다. 모퉁이를 돌자 붉은 벽돌로 지어진 파란 대문의 이층집이 보였다. 엄마는 마당 한쪽 화단에서 다양한 색들을 뿜내며 늘어 서 있는 작은 화초들에 물을 주고 있었다. 인기척을 느꼈는지 엄마는 물을 주다 말고 돌아섰고 오랜만에 말없이 나타난 나를 덤덤히 바라보았다.

"처마 밑에 제비가 쩍쩍 거리더니 네가 오려고 그랬나 보다. 제비가 집 지으려는지 처마 밑에 진흙을 하도 발라놓아서 빗자루로 부수면 또 진흙을 발라놓고. 하여튼 제비 고집 못 당하겠더라."

어서 와. 엄마는 표정이 언제나 그랬다. 반가운 표정도 기쁜 표정도 없었다. 엄마는 항상 그날이 그날이었다. 엄마의 겉모습은 평정심이라고 표현하기엔 지나치게 이성적이었다. 어른이 된 후로 엄마를 대하는 것이 왠지 어색했다. 그것은 하나의 독립된 개체로 분리되고 싶은 욕구와 무관하지 않았다.

"밥 먹었니?"

나는 검은 봉지를 엄마에게 내밀었다. 엄마가 봉지를 열어보며 말했다.

"참외네? 무슨 돈이 있다고, 그냥 오지."

몇 달 만에 본 엄마의 등허리가 지난 번보다 굽어 있었다. 엄마가 다시 물었다.

"배고프지?"

엄마는 다리를 절뚝이며 부엌으로 향했다. 쌀을 씻어 강낭콩을 넣은 밥을 했고 고등어를 구웠고 시래기를 넣고 된장국을 끓였다. 나는 어정쩡하게 엄마 곁으로 다가가 도울 일 없냐고 물었다. 엄마는 상 위에 숟가락이나 놓으라고 했다. 이내 밥상이 차려졌다. 엄마가 끓인 된장국은 짜지도 싱겁지도 않고 내입에 딱 맞았다. 얼마만에 먹어보는 집 밥인가? 나는 살짝 데친 호박잎에 밥을 올리고 된장국을 떠서 쓱쓱 비벼 허겁지겁 숟가락질을 했다. 엄마는 퇴행성관절염이 요즘 부쩍 더하다며 가끔 무릎 주변만 주무를 뿐 아무 말이 없었다. 내가 밥 한 그릇을 다 비우자 엄마가 물을 떠다 주었다.

"얼굴이 많이 상했구나."

"이혼할까 봐요."

"왜."

"나 땜에 힘든 거 같아서요."

침묵하던 엄마가 딴청 하듯 말을 꺼냈다.

"요 며칠 장대비가 쏟아졌어. 집안에 있던 화분을 밖으로 내놓았더니 빗물에 푸릇푸릇 생기가 돌더구나. 비 그치고 나서도 화분을 며칠 바깥에 그대로 두었거든. 한낮의 열기가 얼마나 더웠던지 그

새 잎사귀가 타버리고 시커멓게 화상을 입었지 뭐냐."

"그랬군요."

"밖에 내어 놓은 다육인 빗물을 많이 먹어서 다 물러버렸고. 잠시 관심을 안두면 화초도 그렇다니까. 뭐든 애정을 가지고 관심을 줘야해. 지나쳐도 안 되고 모자라도 안 되고."

"맞아요. 그렇죠 뭐."

거실 TV 장식장 옆 낯선 돌판이 보였다.

"저게 뭐예요?"

"뭐긴. 십계명 두 돌판이지."

"못 보던 건데요?"

"조각가에게 새겨 달라고 했어. 하나님과의 언약. 사람과의 언약 까먹고 싶지 않아서."

"아."

나는 식탁 위에 빈 그릇들을 모았다. 설거지를 하려고 일어섰을 때 엄마가 내 팔을 잡아당겼다.

"넌 조용하고 사색적인 아이였어. 어릴 때부터 그렇게 책을 좋아하더라."

옛 기억이 떠올랐다. 초등학교 1학년 때의 일이었다. 처음 받아쓰기를 했다. 10문제였는데 100점 맞는 아이들을 선생님이 업어 준다고 했다. 선생님은 100점 맞은 아이들을 교단 앞으로 나오라

했고 3-4명의 아이가 선생님 앞에 섰다. 선생님은 차례대로 아이들을 업어주었다. 드디어 내 차례가 왔다. 심장이 두근거렸고 얼굴이 달아올랐다. 선생님은 40대 초반의 여자 선생님이었다. 나는 그때까지 엄마 등에도 업혀 본 기억이 없었다. 선생님은 내 앞으로 와서 등을 내 주었다. 선생님의 등에 어색하게 가슴을 기댔다. 선생님의 체취가 느껴졌다. 나도 모르게 얼굴이 발그레해졌다. 선생님 등에 업혀있던 그 1분의 순간이 온 우주를 다 가진 느낌이었다. 선생님은 아이들에게 말했다.

"앞으로 일주일에 한번은 받아쓰기 할 거예요. 그때마다 100점 맞는 친구는 업어줄 거예요. 모두 열심히 공부해 봅시다."

그 사건 이후 우연 같게도 엄마는 동네 길모퉁이를 돌다 처음이자 마지막으로 딱 한번 나를 업어준 적이 있었다. 병약하던 내가 1학년에 입학한 것이 대견했는지, 받아쓰기를 100점 맞아 와서 든든했는지 하여튼 나에게 내밀어준 엄마 등은 따뜻하고 포근했다. 그 두 기억은 강렬하여 삶의 고비마다 나를 지탱해주었다. 밥을 먹으며 그 이야기를 엄마에게 처음으로 털어 놓았다. 엄마가 뜬금없이 말했다.

"넌 어렸을 적부터 개미 한 마리 못 죽이더라. 불쌍하다고."

나는 엄마의 말을 곰곰이 생각했다. 아내와 대화가 중단된 지는 오래 전이었다. 아내는 어느 순간부터 나와 눈을 마주치지 않았다.

한 공간에 있었으나 아내와의 사이에 어떠한 감정의 연결고리도 느껴지지 않았다. 미약하게나마 억지로 연결되어 있다고 생각했던 애정이란 끈이 어느새 삭아 뚝 끊어져버렸다.

엄마 집에서 그사이 몇 주가 흘렀다. 나는 시골의 밤 풍경이 좋았다. 작은 별들이 총총히 떠있는 밤하늘과 희미하게 빛나는 달빛 아래 고즈넉한 시골길을 걸으며 밤 산책을 했다. 풀벌레 소리를 들으며 걷다보면 어린 시절로 돌아간 듯했다. 엄마는 새벽이면 일어나 입속으로 중얼중얼 기도를 했다. 가끔 실눈을 뜨고 바라본 엄마의 그늘진 얼굴에 주름이 더 선명해진 듯해 나는 마음이 편치 않았다.

엄마는 텃밭에서 아침마다 붉게 익은 토마토 두 개를 따서 믹서에 갈았다. 꿀을 두 스푼 섞어 토마토주스가 남자에게 좋다더라 하며 유리컵에 따라 건네주었다. 엄마가 갈아준 토마토주스는 적당한 당분의 맛이 입맛에 딱 맞았다. 나는 급하게 한 번에 마시다 매번 손등에 흘렸다.

여름장마가 끝날 무렵 아내가 있는 집으로 향했다. 빗물 묻은 손을 바지에 재빨리 닦고 현관 비밀번호를 눌렀으나 번호가 맞지 않았다. 초인종을 세 번 길게 눌렀을 때 인터폰 소리가 났고 아내가 나왔다. 나는 짐을 가지러 왔노라고 말했다. 내 방에서 짐을 빼는 동안 아내가 말없이 서서 지켜보았다. 나는 트렁크 두 개 분량의 옷가지들을 주섬주섬 챙겨 넣었다. 아내가 나의 마음을 읽었다는

　　　　　　　　　　　　　　　　　　　　정기옥 소설

듯 말했다.

"후회 없지?"

"응."

"정말이지?"

"응."

아내가 현관에 서서 나를 향해 손을 흔들었다. 아내의 얼굴을 힐 끗 보았다. 아내와 처음 만난 날 헤어질 때 풋풋한 미소 지으며 손 흔들던 모습이 오버랩 되었다. 나는 아내의 눈을 처음으로 가만히 응시했다.

"고마웠고 미안했어."

나는 그렇게 아내에게 작별을 고했다. 나는 마음이 더 추워지기 전에 담담한 척 돌아섰다. 몇 발자국 걸어 나오는데 다리가 후들거 렸다. 수치심이 몰려왔다. 혼란스러운 감정이 물밀듯 몰려와 다시 뒤를 돌아보았다. 아내에게서 내 그림자가 빠져 나가고 있었다. 카 카오티 앱으로 근처의 택시를 호출했다. 택시가 저쪽에서 오는 것 이 보였다. 나는 계단 턱을 넘다가 그만 발을 헛디뎠다. 양손에 들 려있는 트렁크 두 개의 무게에 앞으로 고꾸라질 뻔했으나 가까스 로 중심을 잡았다. 마음이 시려왔다. 눈앞이 흐려졌다. 나는 눈물 이 흐르는 눈으로 내게서 아내의 그림자가 빠져나가는 것을 확연 히 보았다. ✈

쉼 카페

오후 2시가 되자 그녀가 찾아왔다. 그녀는 화요일이면 카페에 들러 한참을 머물다갔다. 남편과 자식 이야기, 자신의 취미, 젊은 시절 이야기들을 시간이 날 때마다 들려주었다. 어느 날은 나에게 엄마라고도 했다가 또 어느 날은 언니라고도 했다. 나는 그녀가 환한 미소로 말할 때마다 고개를 끄덕이며 맞장구를 쳤다. 어린 시절 소녀감성이 몽클 솟아올랐나 생각했고 그녀의 행동을 대수롭지 않게 지나쳤다. 어느 때는 어릴 적 엄마가 만들어 준 감자떡이 먹고 싶어 만들어 왔다며 나에게 큰 언니야 먹어봐 했다. 그녀가 어스름한 저녁까지 카페에서 머물다 갈 때면 그녀의 남편이 퇴근길에 한 번씩 들러 아내를 친구처럼 대해줘 고맙다며 인사를 했다.

쉼 카페

붉게 만개한 배롱나무 꽃 위로 따가운 햇볕이 사정없이 내리쬐었다. 카페 앞 배롱나무 꽃은 여름이면 황홀하게 피어나 손님들의 시선을 한 몸에 받았다. 배롱나무 아래에 놓인 연초록색 나무벤치 위에 길고양이 한 마리가 몸을 웅크린 채 졸고 있었다.

유리문에 달린 뭉툭한 손잡이를 앞으로 밀며 초로의 여자가 들어왔다. 졸고 있던 고양이가 화들짝 놀라 달아났다. 내가 운영하는 '쉼 카페'는 북 카페였다. 나는 시집을 읽고 있었다.

손님은 그녀였다.

60대 초반인 그녀는 화요일 오후 2시면 어김없이 카페에 왔다. 작고 동그란 얼굴에 옅은 쌍거풀 진 눈, 가냘픈 목선, 그녀는 나이가 믿기지 않을 정도로 피부가 탱탱하고 고왔다.

그녀는 내게 화사한 웃음을 보였다.

"아. 살 거 같다. 역시 에어컨 빵빵한 카페가 최고라니까."

"정말 덥죠. 시원한 창가 쪽에 앉으세요."

"뜨거운 아메리카노 한 잔과 딸기 마카롱 한 개요. 카페를 다 다녀 봐도 여기만큼 수제 마카롱이 맛있는 데를 찾아볼 수 없다니까요."

"마카롱 맛있다고 손님들이 그래요. 직접 만드는 공정이 번거로워 다소 비싼데도 다들 좋아해 주시니 감사하죠."

"오늘 진짜 덥네요. 그래도 커피는 뜨거운 걸로."

"복더위에 이열치열이죠. 호호."

"이곳에 오면 좋은 게 세 가지 있어요. 카페 사장님. 커피 맛. 저 벽에 걸려있는 사막 그림."

"감사해요. 칭찬 덕분에 종일 기분이 좋을 거 같은데요?"

그녀가 카페 벽 중앙에 걸려있는 붉은 사막 그림을 지그시 올려다보았다.

"저 메마른 사막 한가운데 푸른 나무를 보면 왠지 마음이 편해져요."

나도 그녀의 시선을 따라 붉은 사막 그림을 응시했다. 과거의 속박과 미래의 희망이 교차되는 지점, 그곳이 붉은 사막 한가운데였다. 문득 가슴 깊이 묻어 두었던 어두운 기억이 떠오르자 커피의 쓴맛처럼 명치끝이 아렸고 나도 모르게 얼굴이 달아올랐다. 가만히 나를 바라보는 그녀의 시선이 느껴졌다.

"저 그림 누가 그린 거죠?"

나는 희미한 미소를 지었다.

"저랑 가까운 분이요."

"비밀이에요?"

"그냥 다음에요."

한 주가 지난 화요일이었다. 여느 때처럼 카페로 출근했다. 밤새 눅진하게 가라앉은 공기를 환기시키려 출입구 문을 활짝 열었다. 잔잔한 클래식 음악을 틀고 손님들이 오기 전 구석구석 청소를 했다. 한숨 돌린 후 나는 에스프레소 한 잔을 내렸다. 원두커피 향과 잔잔한 음악이 실내 공간을 채우자 마음이 편안해졌다. 이 카페가 삶에 지친 이들이 쉬어 가는 곳이기를 나는 염원했다.

오후 2시가 되자 그녀가 찾아왔다. 그녀는 화요일이면 카페에 들러 한참을 머물다 갔다. 남편과 자식 이야기, 자신의 취미, 젊은 시절 이야기들을 시간이 날 때마다 들려주었다. 어느 날은 나에게 엄마라고도 했다가 또 어느 날은 언니라고도 했다. 나는 그녀가 환한 미소로 말할 때마다 고개를 끄덕이며 맞장구를 쳤다. 어린 시절 소녀감성이 몽클 솟아올랐나 생각했고 그녀의 행동을 대수롭지 않게 지나쳤다. 어느 때는 어릴 적 엄마가 만들어 준 감자떡이 먹고 싶어 만들어 왔다며 나에게 큰 언니야 먹어봐 했다. 그녀가 어스름한 저녁까지 카페에서 머물다 갈 때면 그녀의 남편이 퇴근길에 한 번씩 들러 아내를 친구처럼 대해줘 고맙다며 인사를 했다.

그런 그녀가 한두 달이 지나도록 보이지 않았다. 바쁜 일이 있으려니 생각했으나 한편으로는 그녀의 안부가 궁금했다. 배롱나무 붉은 꽃잎이 비바람에 날려 스산하게 떨어지던 날 누군가 카페 문을 조용히 밀고 들어왔다. 평소 활짝 웃으며 나에게 다가오던 그녀가 그날은 얼굴에 수심이 가득했다. 나는 커피기계 앞으로 가서 에스프레소를 추출했다. 커피 잔에 에스프레소를 따른 후 물 비율을 적절히 맞추었다. 그녀의 기호에 맞는 아메리카노와 딸기 마카롱 두 개를 준비하여 쟁반에 얹었다. 나는 창가에 멍하니 앉아있는 그녀에게 다가갔다.

"오늘따라 기운이 없어 보여요. 무슨 일 있으세요?"

조용히 커피 잔만 내려다보며 침묵하던 그녀가 낮은 소리로 입을 열었다.

"지난겨울 둘째 언니가 갑자기 뇌출혈로 돌아가셨어요. 그런데 석 달 후 셋째 언니마저 뇌졸중으로 가셨거든요. 설상가상 얼마 전 큰언니마저 같은 병으로 저세상 갔어요. 충격의 연속이었죠."

나는 화들짝 놀랐다.

"어머나!"

"언니들이 없는 세상, 상상이 가지 않아요."

나는 그녀 곁으로 바싹 다가가 그녀의 차가운 손을 꼭 잡아주었다. 그녀의 가냘픈 목선 위로 깊은 슬픔이 출렁이고 있었다. 그녀가 멍한 표정으로 먹물 같은 아메리카노를 입으로 가져가며 말했다.

"큰언니마저 가버리니 인생무상이네요. 언니들 그렇게 보내고 한동안 아무것도 안 먹혀서 물만 먹고 누워 있었어요."

"그러게요. 못 본 사이 엄청 많이 야위셨네요. 언니들과는 몇 살 터울이세요?"

"큰언니하고는 열다섯 살 차이. 나는 딸 부잣집 넷째이고 막내여서 나이차이가 좀 나요. 중학교 때 부모님 모두 돌아가시고 그러잖아도 내성적인 성격에 언니들만 의지하며 살아왔지요."

"그랬군요."

그녀가 바싹 마른 입술로 숨을 길게 내쉬며 말했다.

"이제 천애 고아네요. 큰언니는 나에겐 엄마 같았어요. 큰언니가 없다고 생각하니 생살이 떨어져 나간 거 같아요."

"어째요."

"요즘 꿈만 꾸면 언니들이 나타나요. 꿈속에서 언니들이 날 불러요. 나도 언니들 따라가야겠지요?"

"무슨 그런 말씀을. 다시는 그런 말씀 마세요."

　　　　　　　　　　　　　　　　　　　　정기옥 소설

커피 잔을 움켜쥐고 있는 그녀의 손이 희미하게 떨렸다. 그녀는 컵에서 이내 손을 떼더니 두 손을 마주잡고 힘주어 깍지를 꼈다. 두꺼운 회색 커튼을 친 듯 그녀 얼굴에 그림자가 짙게 드리워졌다.

"사는 게 허무해요."

"세상에 의지할 사람 한 사람만 있어도 힘이 나요. 자주 카페에 오세요. 제가 친구 해 드릴게요."

그녀가 커피 냄새를 음미하듯 코에 가져다 대었다.

"여기 커피를 오랜만에 먹으니 냄새도 좋네요. 큰언니 냄새도 좋았어요. 언니 냄새가 그리워요."

그날 그녀는 늦게까지 카페에 머물다 갔다. 주말 늦은 오후였다. 그녀는 색깔 있는 화사한 물방울무늬 원피스에 옅은 분홍색 스카프를 두르고 카페에 들어왔다.

"어머. 주말에 오시기는 처음인데요? 오늘 더 예쁘시네요. 어쩜 이리 우아하고 고우실까?"

"아이고 참내. 난 오늘이 화요일인줄 알았지 뭐예요. 이 원피스는 큰언니가 작년 내 생일날 선물로 사 준거예요. 이 스카프도요."

나는 그녀를 보며 말했다.

"지금 빈자리가 없어 어쩌지요. 주말엔 손님이 많아요."

그녀가 머쓱하게 대답했다.

"어쩐지. 아메리카노 한 잔 테이크아웃으로 가져가야겠어요. 아

참, 큰언니랑 여기서 만나기로 했는데?"

"큰언니요?"

그녀가 이내 머리를 흔들더니 어색한 미소를 지었다.

"내 정신 좀 봐."

나는 진한 아메리카노와 마카롱 두 개를 포장해서 그녀 손에 건네주었다. 그녀의 얼굴에 화색이 돌았다. 그녀는 소중한 물건처럼 공손히 받아들더니 카페를 나섰다.

카페 앞 흐드러지게 피어있던 배롱나무 붉은 꽃이 지고 길가엔 낙엽이 물들고 있었다. 카페 창 너머로 바라본 하늘이 맑고 푸르렀다. 양털 같은 하얀 구름이 창턱에 걸쳐 있었다. 나는 오랜만에 청명한 하늘을 황홀하게 바라보고 있었다. 그때였다. 카페 문이 벌컥 열렸다. 은빛 머리카락이 눈에 띄는 초로의 남자가 숨을 헐떡이며 뛰어들어왔다. 그녀의 남편이었다. 남자는 불안한 눈빛으로 카페 안을 두리번거렸다.

"우리 아내 혹시 여기 왔나 해서요."

"항상 이 시간이면 오시곤 했는데 오늘은 안 오셨네요."

"핸드폰과 지갑도 거실 탁자 위에 다 놓고 나갔어요. 동네를 찾아 헤매다가 아내가 이곳 카페에 자주 오던 게 생각나서요."

"집에서 나간 지 얼마나 되셨어요?"

"아침에 등산 다녀오고 잠깐 잤어요. 눈 뜨니 아내가 안보여요. 당신은 아무것도 모를 거라며 편지 한 통 놓고 사라졌어요."

"근처 볼일 보러 가신 거 아닐까요?"

"그렇다면 다행이지만. 사실 아내가 요즈음 들어 자꾸 깜빡깜빡 하거든요. 걱정되네요."

"정 불안하시면 경찰에 신고하는 건 어때요? 혹시 카페로 오시면 바로 연락드릴게요."

"그래 주시겠습니까? 감사합니다."

저녁 7시경 그녀의 남편에게서 전화가 왔다. 남자는 경찰에 미귀가 실종신고도 했다며 아내가 아직 나타나지 않았다고 했다.

"이런 적이 한 번도 없었거든요. 뭔가 잘못되었을까봐 미치겠어요."

"염려마세요. 별일 없을 거예요."

불현듯 내 머리를 스치는 생각이 있었다.

"혹시 큰언니가 살던 동네가 어디죠? 그곳에 간 건 아닐까요."

수화기 너머 떨리는 남자 목소리가 들렸다.

"그 생각을 미처 못 했네요. 큰 처형이 살던 집까지는 꽤 멀어요. 버스로 두세 시간 걸리고요."

남자가 급하게 전화를 끊었다. 늦은 밤 남자에게서 문자가 왔다.

"사장님 말씀이 맞았어요. 큰처형 집 앞에서 아내가 서성이고 있

었대요. 다행히 옆집 사람이 아내와 함께 있더군요. 큰처형 돌아가
시고 집 주인이 바뀌었거든요. 하마터면 큰일 날 뻔했지 뭐예요."

"아무 일 없어 정말 다행이네요."

한동안 그녀 발걸음이 뜸했다. 그러던 어느 날 카페 문을 밀고 그
녀가 활짝 웃으며 나에게 다가왔다.

"큰언니. 나 왔어. 나 큰언니네 이층 다락방에서 하룻밤 자고 싶
었는데 남편이 데리러 오는 바람에 그냥 왔지 뭐야. 한 밤도 못 자
게 하는 남편이 미워서 이번에는 남편 몰래 갔는데."

그녀는 생기 넘치는 눈으로 나를 바라보며 해맑게 웃었다. 나는
당황하여 순간 흠칫했다.

"그랬구나. 거긴 왜 갔어?"

"왜 가긴. 언니도 참. 언니 보러 갔지."

"앉아있어. 금방 아메리카노와 마카롱 준비해줄게."

멍한 표정을 짓고 있던 그녀가 머리를 흔들었다. 정신이 돌아온
모양이었다.

"사장님. 물 좀 주세요. 목이 마르네요."

그녀는 내가 건넨 물 컵을 받아들고 벌컥벌컥 물을 마셨다. 그녀
는 이내 나에게 빈 컵을 건네고 돌아서더니 창가 테이블 의자로 가
서 풀썩 앉았다. 나는 커피를 만들며 살짝 그녀를 쳐다보았다. 그

녀는 테이블 위에 놓여있던 물병의 물을 컵에 따랐고 중지 손가락으로 컵에 들어있는 물을 찍어 유리창에 손가락그림을 그렸다. 그녀의 눈빛이 꿈을 꾸는 듯 잔잔하고 아련했다. 나는 커피와 수제 마카롱을 들고 그녀 곁으로 갔다.

"무얼 그리시는 거예요?"

"우리 언니 얼굴이요. 잊어버릴까 겁나요. 우리 언니 무척 예쁘거든요."

"아주머니가 이렇게 고운 걸 보니 어련하겠어요."

"우리 큰언니네 집은 이층집이었어요. 부모님 돌아가시고 큰언니 집에서 나는 중고등학교를 다녔거든요. 거기 이층 다락방이 내 방이었죠. 밤마다 다락방 창문너머 반짝이는 별들을 올려다보고 찌르르 풀벌레 소리 들으며 사춘기를 보냈죠."

"그런 행복한 추억이 있으셨군요."

"부모님이 어릴 적에 돌아가셔서요. 큰언니 집 이층 다락방 추억이 제 최초의 좋은 기억이랍니다. 큰언니는 다락방에서 매번 내 머리를 매만져 주었어요. 다 옛 추억이죠."

그녀는 어린 시절로 돌아간 듯 아이처럼 소곤대며 혼자 말을 했다.

"다락방은 언니가 나를 기다리던 안식처. 내 유일한 쉼터. 거기 가면 제일 편했는데."

커피 잔을 테이블 위에 내려놓은 그녀는 소녀처럼 순수한 표정을 지었다. 이윽고 손가방에서 진주구슬과 작은 큐빅이 촘촘히 박힌 머리핀 두 개와 머리빗을 꺼냈다.

그녀가 나를 보며 말을 건넸다.

"큰언니는 항상 내편이었어. 고마워."

나는 당황했지만 자연스럽게 응했다.

"그럼. 당연하지."

"기억나? 언니가 나 중고등학교 학비 다 대주었잖아. 그동안 은혜를 못 갚았어. 이제서 기억이 나더라고."

"언니는 네가 잘 되면 그만이야. 되받으려고 도움준 거 아니고."

"이거 내가 아끼는 것들이야. 언니 다 가져. 이 머리빗도."

그녀는 나를 보고 있었으나 초점은 다른 공간의 뭔가에 고정되어 있는 사람의 것이었다. 지난 번 나눴던 대화가 뇌리를 스쳐지나갔다. 나는 그녀 옆에 바짝 다가가 앉았다.

"이렇게 귀한 머리 핀 나 다 가져도 되는 거야? 정말? 고마워."

"난 밥값을 하고 싶었어. 그런데 말이야."

"응?"

그녀가 내 어깨에 살짝 기대며 말했다.

"언니, 맛있는 쌀밥 한번 사주려고 그곳에 갔는데 언니가 없었어. 언니는 찰지고 윤기 흐르는 하얀 쌀밥 좋아했잖아. 근데 이제

언니가 없어. 늦게 와서 미안해."

"내가 머리 빗겨 줄게."

나는 일어서서 그녀의 머리를 가는 빗으로 차분히 빗어 내렸다. 살짝 가르마를 탔다. 그런 다음 그녀의 앞머리를 옆으로 돌렸다. 나는 큐빅이 촘촘히 박힌 머리핀 하나를 집어 들어 그녀 머리에 꽂아 주었다.

"역시. 언니가 내 머리 빗겨주어야 기분이 좋아. 단정히 머리 빗고 학교가면 친구들이 날 예쁘다고 했어."

"그렇지? 우리 막내. 내가 봐도 예쁘다."

그녀가 들뜬 표정을 지으며 작은 손가방을 들고 일어섰다.

"언니 고마워. 나 학교 다녀올게."

나도 따라 일어섰다.

"잠시만. 여기 마카롱 한 팩 가지고 가."

나는 그녀의 손에 마카롱 봉투를 쥐어 주었다. 그녀가 한 차례 머리를 흔들더니 나를 가만히 응시했다.

"이렇게 나 다 주면 어떻게 장사하려고 그래요? 남는 게 없잖아요."

"내가 카페 사장인데 내 맘대로도 못해요?"

"아 참. 여태 사장님 이름도 몰라요. 이름이 어떻게 돼요?"

"궁금하세요? 제 이름은 이인정이예요."

"아. 그래서 이렇게 정이 많으시구나. 호호."

"그렇게 생각해 주시니 감사해요."

초겨울 문턱에 들어선 듯 찬바람이 불었다.

화요일 오후, 조금씩 눈발이 흩날리고 있었다. 그녀가 머리에 붙은 싸락눈을 털며 '쉼' 카페 문을 열고 들어왔다. 그동안 염색을 안했는지 하얀 머리가 더 희여 보였다. 그녀가 나에게 다가왔다.

"큰언니. 지난 번 깜빡했지 뭐야. 신혼 때. 우리 집 살 때 언니가 돈 보태주었잖아. 내가 큰돈은 없고 매일 만 원씩 갚을게. 여기 만원. 그리고 계피 맛 사탕 많이 가져왔어. 큰언니는 계피 맛 사탕 엄청 좋아하잖아."

눈발이 짙어지고 있었다. 창 밖 세상이 점점 하얗게 변했다. 그녀가 작은 손가방을 열더니 봉투 하나를 꺼냈다.

"우리 남편이 큰언니 주래."

나는 가만히 봉투를 열었다. 그녀와 그녀 언니들이 어렸을 때 함께 찍은 빛바랜 가족사진이었다. 이름 모를 꽃이 피어있는 담벼락 아래 모두 해맑게 웃고 있었다.

봉투 안쪽에 그녀 남편의 편지가 들어 있었다.

"우리 아내 보살펴주서서 감사합니다. 차디찬 바람만 가득한 세상인 줄 알았는데 꼭 그렇지만도 않더군요. 아내는 치매 늦추는 약을 먹고 있어요. 아직 초기라서 가끔 기억이 들락날락해요. 작은 성의 표합니다. 거절하지 마시고 받아주세요."

나는 봉투에서 사진만 꺼내고 나머지는 그녀 가방에 도로 넣어 주었다. 카페 문을 나서는 그녀 손에 마카롱 두 팩을 쥐어 주었다. 나는 그녀의 삶에 좋은 사람이 많아지기를 그리하여 더 이상은 춥지 않기를 기도했다. 그녀가 울먹이는 목소리로 말했다.

"언니. 이제 한동안 못 올지도 몰라."

나는 그녀의 앙상한 손을 맞잡았다.

"그런 말 말고. 언제든 오렴."

그녀가 머리를 숙이고 고인 눈물을 훔쳤다. 그녀는 순간 정신이 돌아온 듯 고개를 들더니 또렷한 표정으로 카페 벽을 찬찬히 바라보았다.

"아. 참. 저 붉은 사막그림 누가 그린건지 말해준다 했잖아요. 이제 여기 못 오면 저 그림 못 보게 돼요."

그녀의 질문에 찌릿한 통증이 등줄기를 타고 내려갔다. 나는 당혹감을 감추고 무덤덤하게 말했다.

"돌아가신 우리 아버지가 그린 거예요."

그녀가 미간을 좁히며 뚫어져라 그림을 응시했다.

"그렇구나. 저 붉은 사막. 태양 그리고 달. 푸른 나무. 마음에 다 담아갈 거예요."

그녀는 그림 앞에서 기도하듯 눈을 감았다. 그녀는 나에게 마지막 작별인사를 건네더니 카페 문을 열고 나갔다.

카페 창밖 소복이 쌓인 눈을 밟으며 천천히 걸어가는 그녀 뒷모습이 보였다. 그녀의 머리 위로 하얀 눈발이 흩날리며 내려앉았다. 그녀는 잠시 멈춰서 허공을 응시했다. 한참을 무표정하게 한자리에 서 있던 그녀가 다시 걸음을 내딛었다. 추운 겨울 화사한 물방울무늬 여름 원피스를 입고 흔들거리는 그녀의 모습이 위태로워 보였다. 서로의 공명을 통하여 전달되는 마음 소리가 닿더니 그녀의 신음하는 마음이 나에게 덧입혀졌다. 나는 창밖으로 그녀의 뒷모습을 계속 바라보았다. 길 위에 기다리고 있던 그녀 남편이 곁으로 다가와 두꺼운 외투를 벗어 바싹 마른 그녀의 어깨 위에 걸쳐주었다. 그녀는 휘청거리는 영혼을 어딘가에 내려두고 순진무구한 아이처럼 남편을 따라가고 있었다. 그녀는 그렇게 멀어져 갔다. 깨고 나면 모두 사라지는 하얀 꿈의 풍경이었다. 나는 가지런히 두 손을 모았다. 인생은 눅눅한데 카페 안의 공기는 따뜻했다. 맑은 웃음을 머금고 내 귓가에 속삭이던 그녀 목소리가 어렴풋이 들려왔다.

"언니는 참 괜찮은 사람이었어."

나는 그녀가 나를 기억하지 못하는 순간이 올 그때에도 괜찮은 사람으로 남아있을까? 생각했다. 사라져가는 그녀 뒷모습을 보고 있노라니 마음깊이 묻어두고 억지로 잊으려 했던 기억 한 조각이 떠올랐다. 마음이 바위에 부딪힌 파도처럼 바스러졌다가 다시 파도로 맞닿아 일렁였다. 순간 깊숙이 묻어두었던 죄책감과 수치심이 몰려와 나도 모르게 얼굴이 달아올랐다.

아버지는 점점 아이가 되었다. 카페에서 퇴근하고 집에 가는 길 운전대를 붙잡으면 가슴이 뭉친 듯 답답했다. 신호대기 빨간 불앞에 자동차가 서면 나는 오른손가락을 모아 명치끝을 꾹꾹 눌렀다. 집 근처에 오면 최대한 속도를 늦추고 천천히 근방을 몇 바퀴 돌았다.

나는 집 현관문 앞에 서서 습관처럼 숫자를 세었다. 하나, 둘, 셋, 넷, 다섯, 하나, 둘, 셋 작은 소리로 외치고 심호흡을 크게 한번 내쉬었다. 현관문을 열고 거실에 들어서자 술병이 일렬로 늘어서 있었다. 아버지가 거실 식탁에 앉아 있다가 멍한 눈으로 나를 쳐다보았다. 투명 유리컵엔 반쯤 술이 따라져 있었다. 언젠가부터 아버지는 술을 물처럼 마셨다. 한번 술을 마시기 시작하면 사나흘은 집 밖으로 나오지 않았다. 술을 먹을 때면 밥도 먹지 않았다. 도우미 아주머니가 일주일에 서너 번 집에 와서 청소를 돕고 음식을 만들어 주고 갔지만 아버지는 매번 아무것도 입에 넣지 않았다. 아버지의 축 늘어진 어깨가 알곡을 다 털어낸 메마른 볏단 같았다. 초점 없는 아버지의 흐린 눈이 내 눈과 딱 마주쳤다.

"누구?"

"아이 참. 아버지 딸, 인정이지 누구예요?"

그 무렵 아버지는 정신이 점점 더 흐려졌다. 육체는 앙상한 뼈 위에 거죽껍데기만 덧입혀놓은 듯했다. 아버지에 대한 애증이 하루에도 몇 번씩 오르락내리락했다. 카페에서 일할 때면 아버지에 대한 연민으로 괴로웠고 퇴근하여 아버지와 마주칠 때면 온갖 짜증이 몰려왔다. 아버지를 미워하면 안 된다는 걸 알면서도 언제 끝날지 모르는 수없이 되 반복되는 일상에서 나는 달아나고 싶었다. 아버지를 내 인생 저 편으로 몰아내고 싶었다. 아버지와 한 공간에 있으면 사방으로 우겨쌓임당한 감옥 같아서 숨이 쉬어지지 않았다. 온갖 번뇌와 고뇌를 다 끌어안고 있는 아버지의 얼굴을 마주하는 순간 빠져나올 수 없는 깊고 캄캄한 구렁텅이에 던져진 기분이었다. 그나마 다행인 것은 아버지는 주사는 없었다. 아버지를 도와주시는 아주머니가 나를 보더니 주섬주섬 가방을 챙기며 일어섰다.

"국이며 반찬 몇 가지 해놓았어. 아버지 챙겨드려."

"감사해요."

아주머니가 평소와 달리 내 곁에 다가와 살짝 아버지의 눈치를 살피더니 귓속말을 했다.

"아가씨. 나 이제 여기 그만 올까봐."

"그게 무슨 말씀이세요. 아주머니 덕분에 아버지도 저도 사는 건데요."

"사정이야 딱하지만, 내가 너무 힘들어."

"아주머니 같은 분을 어디서 만나겠어요. 저에겐 가족이나 다름없어요. 더 챙겨드릴게요."

나는 급히 핸드백에서 5만원 지폐 몇 장을 꺼내 아주머니의 손에 쥐어주었다. 아주머니는 극구 사양했다.

"보약이라도 한 재 지어 드세요."

아주머니를 배웅했다. 긴장이 풀어지자 화가 끓어올랐다. 나는 식탁 위에서 여전히 술을 따르고 있는 아버지에게 다가갔다.

"나보고 어쩌라고? 아버지가 짐짝 같아. 알아? 내 등에 무거운 짐. 이렇게 살아 뭐해?"

아버지는 말이 없었다. 영혼이 빠져나간 사람처럼 초점 없는 눈으로 나를 무심히 바라보았다. 아버지는 무슨 말을 하려는 듯 입술을 한번 움찔하다가 이내 술잔으로 손을 뻗었다. 나는 있는 힘껏 술잔을 빼앗아 싱크대에 던졌다. 싱크대 모서리에 유리잔이 부딪히며 깨지는 파열음에 신경이 곤두섰다. 머리가 어지러웠다. 갑자기 알 수 없는 공포감과 두려움과 외로움이 끝없이 몰려왔다. 내 방으로 쓰러질 듯 기어들어갔다. 화장도 지우지 못한 채 옷 입은 그대로 침대에 대자로 뻗었다. 하루가 길었다. 긴장이 풀어지면서 피곤이 몰려왔다. 나는 베개에 머리를 기댔다. 어스름한 새벽녘 슬며시 눈이 떠졌다. 머리가 지끈거렸다. 침대에서 비틀거리며 일어나 주섬주섬 옷을 벗었다. 욕실로 향했다. 샤워 호스를 타고 내려오는 뜨뜻한 물을 머리에 끼얹자 안개 낀 듯 혼미했던 정신이 점차 맑아졌고 우울했던 마음도 쓸려 내려갔다. 나는 몸을 웅크린 채 따뜻한 물로 몸 구석구석을 적셨다.

그날 아침도 나는 기계처럼 카페로 출근했고 평소처럼 손님을 맞이했다. 첫 손님이 주문한 커피를 막 내렸을 때 핸드폰이 시끄럽게 울렸다. 핸드폰을 열고 여보세요 하자마자 아주머니가 다급하게 외쳤다.

"아버지가 없어졌어. 잠시 슈퍼 다녀온 사이 현관문이 활짝 열려 있지 뭐야. 집 앞에 가볼만한 곳 구석구석 다 찾아봐도 안 보이네. 여직 이런 일이 한 번도 없었는데. 어쩜 좋아."

나도 모르게 목소리가 떨렸다.

"얼른 경찰에 신고부터 했어야죠."

그날따라 바람이 유난하게 불었다. 벚꽃이 바람에 꽃비처럼 흩날렸다. 출근할 때 유심히 나를 바라보던 아버지의 물기어린 눈빛이 떠올랐다. 아버지의 눈빛이 나를 향해 무언의 말을 하고 있었다.

기억이 사라진 채 집을 나간 아버지는 다시는 집으로 돌아오지 못
했다. 아버지가 사라지고 한 해가 다 가도록 아버지가 갈 만한 장
소를 다 찾아다녔지만 찾지 못했다. 눈앞에 아무 일 없었던 듯 기
적처럼 아버지가 나타나주기만을 바랐다. 야속한 시간이 흐르는
물처럼 속절없이 지나가고 있었다. 아버지는 보이지 않는 어둠속
으로 완전히 자취를 감춰버렸다. 먼지처럼 사라져버린 아버지를
찾는 것이 더 이상은 무의미하게 느껴지던 어느 해 나는 소망 없는
잃어버린 시간들을 떠나보냈다.

아버지의 시신도 없이 가묘를 하던 날, 물망초를 사서 아버지 빈
무덤 앞에 심었다. 물망초를 가만히 바라보다가 나는 감정을 이기
지 못하고 그것을 뽑았다. 나 자신이 기괴하고 이상한 들짐승 같았
다. 하늘이 잿빛으로 흐려지더니 빗방울이 한두 방울 떨어졌다. 내
손에 든 물망초도 비에 젖었다. 실망과 자괴감이 떨어지는 빗물과
섞여 내 얼굴 위로 흘러내렸다. 나는 아버지가 나에게서 완전하게
없어졌다는 것을 인정해야만 했다. 마침내 아버지의 부재를 받아
들이자 마음 한구석이 무너져 내렸다. 시간은 처절한 미움도 애틋
한 그리움으로 바꾸는 힘이 있다는 걸 뒤늦게야 알았다. 술 취한
채 초점 없이 나를 바라보던 아버지의 서글픈 눈빛이 자꾸 생각나
마음이 쓰려왔다.

어릴 적 아버지가 만들어 준 책상과 의자에 앉아 공부했던 기억이 새삼 떠올랐다. 그때는 아버지의 존재가 엄청나게 커보였다. 내가 중학생이었을 때 아침까지 멀쩡했던 어머니가 갑자기 의식을 잃었다. 심장마비였다. 나에게도 아버지에게도 갑작스런 어머니의 죽음은 청천벽력이었다. 평생 화가로 살아왔던 아버지는 어머니의 희생적인 뒷바라지를 받으며 자신의 직업에 충실할 수 있었다.

평소 아버지는 다정다감했다. 중학교 때였다. 가정시간에 한복저고리를 작게 만들어 오라는 숙제가 있었다. 아버지는 종이에 패턴을 그렸다. 섶 길 소매 순으로 한복저고리를 그려 만들더니 재단한 옷감에 치수를 맞춰 밤새 재봉틀을 돌렸다. 마지막 순서로 손수 긴 고름 짧은 고름을 바느질하여 매듭을 지어주었다. 아버지는 꼬박 밤을 지새우다시피 해서 만든 작은 한복저고리 견본을 내 책가방에 넣어 주었다. 아버지는 아침마다 교복을 다림질 해주었고 미역국이나 황태국을 끓여서 아침밥을 꼭 먹게 했다. 아버지는 어머니가 없는 빈자리를 어떻게든 채워주려 애썼다. 어느 날 학교에서 돌아와 보니 아버지는 사막 한가운데 푸르른 나무 한 그루를 도화지에 스케치하여 물감으로 색칠하고 벽에 붙여놓았다. 오른쪽에는 떠오르는 해가 있었고 왼쪽에는 옅은 색감의 초승달이 있었다. 아버지가 염원하던 것은 풀 한 포기 안 나는 광야에서도 끝까지 살고자 다짐한 생명에 대한 지독한 갈망이었을까? 하지만 시간이 지날

수록 아버지는 술에 찌들었고 그런 아버지를 무력하게 지켜보는 것은 괴로운 현실이었다. 술기운으로 붉게 물들어 있던 아버지의 흐린 눈동자를 생각하면 풀 한 포기 자라지 못하는 메마른 붉은 사막이 떠올랐다.

아버지는 그날 자신을 닮은 사막을 찾아 집을 나섰는지도 몰랐다. 아버지를 비추던 저녁 불빛이 다 소멸하여 아버지는 집으로 돌아오는 길을 잃어버렸다고 나는 생각했다.

나는 아버지 빈 무덤 앞에 물망초를 가만히 내려놓았다. 비가 그치고 햇살이 무덤을 내리 쬐었다. 무덤 뒤쪽으로 안개 같은 아지랑이가 피어올랐다. 아지랑이가 마치 아버지의 영혼 같았다. 나는 손을 뻗어 그것을 움켜쥐었다. 아지랑이가 내 손가락 사이로 빠져 나갔다. 어릴 적엔 아버지 몸에 배어있는 후줄근한 냄새가 싫어 아버지만 보면 피해 달아나고 싶었다. 아이러니하게도 아버지의 부재가 확실해지자 아버지의 체취가 그리워졌다. 오른쪽에는 떠오르는 해가 있었고 왼쪽에는 옅은 색감의 초승달이 있었다. 아버지가 염원하던 것은 풀 한 포기 안 나는 광야에서도 끝까지 살고자 다짐한 생명에 대한 지독한 갈망이었을까?

집으로 돌아온 나는 아버지 방 한가운데 자리하고 있는 붉은 사막 그림을 응시했다. 떠오르는 해와 달이 그림 한 점에 같이 자리를 차지한 의미를 나는 한동안 생각했다. 아버지의 그림을 조심스레 벽에서 떼어내었다. 다음 날 나는 아버지의 그림액자를 '쉼 카페' 벽 한가운데에 걸었다. 퇴근 후 아버지의 방으로 다시 향했다. 아버지가 그린 먼지 쌓인 그림들을 하나씩 들여다보았다. 그림을 한 점 한 점 만질 때마다 아버지 체취가 느껴지는 것 같았다. 아버지의 작업실에 남아있는 빈 캔버스를 가만히 응시했다. 빈 캔버스를 바라보고 있노라니 그토록 벗어나고 싶었던 아버지와의 애증어린 과거와 괴롭고 지난했던 삶의 세월이 투명하게 되살아나 반추되었다. 아버지가 나에게 남기고 간 빛바랜 기억들이 잔잔한 파문을 일으키며 가슴시리도록 파고들었다. 거기 빈 공간 세심하고 연약하며 상처받기 쉬운 아버지가 물가에 푸른 나무처럼 서 있었다. 나는 눈을 감았다. 어릴 적 내 머리를 쓰다듬어 주던 아버지의 손길이 느껴졌다. 눈물 한 방울이 툭 떨어졌다. 울고 싶은 이유는 많았으나 울지 못했던 지나간 시간들이 떠올랐다. 어느 새 눈물이 뚝뚝 떨어졌다. 그러고 보니 나는 아버지가 사라진 후 한 번도 울지 않았다는 사실을 깨달았다.

'아버지, 더 사랑하지 못해 죄송했어요.'

늦은 밤 나는 주섬주섬 아버지의 그림들을 챙겨들고 카페로 향했다. 가로등 불빛이 어두운 골목을 내리비추고 있었다. 그 길 끝 '쉼 카페'가 보였다. 하얀 눈송이가 카페를 감싸듯 소담스레 내리고 있었다. 카페 문을 열고 들어갔다. 아무도 없는 텅 빈 카페에 고요한 적막이 흘렀다. 나는 손님처럼 주문했다. '아메리카노 주세요. 진하게요.' 커피를 내렸다. 나는 미소를 지으며 말했다. '손님. 이곳에 오셔서 커피를 마시면 아픔이 쉬어간답니다.' 나는 커피를 들고 빈 의자로 가서 앉았다. 눈을 감았다. 내 앞에 그토록 찾아 헤매던 아버지가 앉아있었다. 나는 가만히 손을 내밀어 희미한 그림자 같은 아버지의 손을 잡았다.

'아버지 이제는 언제든 오셔서 '쉼 카페'에서 쉬어가세요.'

아버지의 부정이 느껴졌던 사춘기의 추억들이 필름처럼 하나둘 스쳐지나갔다. 메마른 우물 같았던 내 마음에 맑은 샘물이 다시 차오르는 걸 느꼈다. ✒

마른 뼈

십자가 위 텅 빈 예수 몸 안 뼈들은 부스러져 있었다. 찢긴 살들은 부스러진 뼈 사이로 흘러내리고 있었다. 멈출 수 없는 애통이 설영의 심장 깊이 터져 나왔다. 몇 시간을 울었을까? 사방에서 시원한 바람이 불어왔다. 설영은 눈물을 멈추고 십자가 조각상을 다시 바라보았다. 예수의 처절했던 텅 빈 몸 안, 시공간의 공명을 타고 아이가 보였다. 아이의 다 타버린 몸 마른 뼈와 뼈들이 서로 연결되었다. 마른 뼈 위에 힘줄이 생기고 살이 입혀지고 가죽이 씌워졌다.

마른 뼈

"내 아들. 아들. 아들아."

화장터 화구 속으로 아들의 작은 관이 들어갔다. 한 시간이 지나자 아이의 몸은 어느 새 다 타버렸고 작고 하얀 뼈만 남았다. 하얀 도기유골함에 아이의 뼈 가루가 넣어졌다. 아들을 향해 애타게 손짓하며 울부짖는 설영을 남편이 부둥켜안았다. 억장이 무너져 내린 설영은 그대로 혼절했다.

얼마만큼 시간이 흐른 것일까? 설영은 감았던 눈을 떴다. 눈이 부셨다. 여기가 천국? 머리가 빙빙 돌았다. 아들. 내 아들은 어디에? 하얀 천장에 붙어있는 여러 개의 형광등 불빛이 보였다. 흰 가운을 입은 사람들이 분주하게 오고 가고 있었다. 병원인가? 침대에 누워있는 그녀 몸에는 수액 링거가 달려있었다.

"내가 왜 여기에?"

남편 희수가 곁으로 다가와 물기어린 목소리로 말했다.

"정신 들어? 그 애는 집 앞 선산 중턱 큰 소나무 밑에 뿌렸어. 알아서 잘 했으니 너무 서운해하지마. 몸부터 챙겨."

다시 정신이 흐릿해지면서 약기운에 잠이 들었다. 아이는 설영의 젖을 힘껏 빨았고 뽀얀 젖을 꼴깍꼴깍 잘도 넘겼다. 젖무덤은 어느새 붉게 타는 화구로 변해 어린 아들을 한순간에 빨아들였다. 아들. 아들. 아들아. 죽으면 안 돼. 엄마 두고 어딜 가니. 가면 안 돼. 입에선 신음 소리가 연신 흘러나왔다. 그녀는 허공을 향해 팔을 저으며 잠에서 깨어났다. 결혼 칠년 만에 얻은 아들이었다.

아들 세 살, 응급실로 달려갔을 때 아이는 급성 백혈병이라는 진단을 받았다. 설영의 머릿속이 하얘졌다

"열나고 코피 조금 난 것뿐인데 급성 백혈병이라니요? 검사가 잘 못 된 거 아니겠지요?"

아이를 데리고 다른 병원 몇 군데를 더 전전했지만 대답은 같았다. 아이는 소아암병동에 입원했다. 이 년 동안 열 번 넘는 항암치료를 받는 사이 아이 머리는 다 빠졌고 온 몸의 가려움증이며 종일 구토와 혼절을 반복했다. 만 다섯 살 생일을 앞둔 어느 날 담당의사가 말했다.

"더 이상 치료가 무의미합니다. 길어야 한 달입니다. 포기하셔야

합니다."

설영의 몸이 떨렸다. 의사가 병실을 나가고 부부사이 무거운 침묵이 흘렀다.

"이렇게까지 아이를 괴롭게 하면서 항암치료 계속할 필요가 있을까? 여보. 우리 그만 아이를 편하게 해주면 어때."

남편의 말에 설영은 고개를 가로저었다.

아이가 죽기 보름 전 설영은 옷장 서랍에서 배냇저고리를 가만히 꺼내 보았다. 아들이 세상에 나와 처음 입었던 옷이었다. 갓 태어나 꼬물거리던 아가의 젖살 냄새가 배어있는 것 같았다. 품속에 한참 꼭 끌어안고 처음 안아보았을 때의 보드랍던 아이 몸의 감촉을 떠올렸다. 그 익숙했던 냄새를 이젠 맡을 수 없다. 그녀는 배냇저고리를 다시 고이 개켜 옷장 서랍에 넣었다. 아들이 입던 옷들을 하나하나씩 정리를 마친 설영은 외출 준비 끝내고 집을 나와 면 원단을 주로 파는 가게로 향했다. 그녀는 아들이 어렸을 때부터 옷감을 떠서 웬만한 옷은 직접 손으로 만들어 입혔다. 단골손님인 그녀의 처지를 잘 아는 가게 여주인이 손을 꼭 잡아주며 위로했다.

"새댁. 얼굴이 이게 뭐야. 너무 상했네. 어쩌나. 안쓰러워서."

설영은 유기농 면 옷감과 소창 원단을 사들고 집으로 돌아왔다. 아이 몸보다 조금 크게 배냇저고리 본을 떠서 손이 충분히 덮일 수

정기옥 소설

있도록 소매 끝 단 화장을 넉넉히 잡았다. 아이의 마지막을 함께 할 배내옷이다. 한 땀 한 땀 소매 끝을 박음질하는 손등 위로 눈물방울이 떨어졌다. 눈물에 시야가 흐려져 바늘 끝에 살짝 손가락을 찔렸다. 설영은 바느질 하던 손을 멈추고 잠시 심호흡을 했다. 배냇저고리 위 무명실로 실 고름을 만들어 매달았다. 옷을 다 만들어 완성한 그녀는 탁자 옆에 놓인 소창 원단을 집어 들었다. 소창을 네모반듯하게 잘라 시접을 접은 다음 아기 손수건 삼십여 장을 만들었다. 소창 손수건 위에는 자수 색실로 꽃과 나비를 수놓은 다음 하얀 레이스를 달아 박음질하였다. 설영은 직접 만든 손수건을 들고 아기 옷가게로 다시 발걸음을 향했다.

"우리 애 이름으로 만든 소창 손수건 드리고 싶어요. 필요한 분들 나눠주세요."

가게 여주인은 설영의 두 손을 잡았다.

"아. 어쩜 좋아요."

"그동안 저 많이 도와주셔서 감사해요."

가게 주인은 아무 말 없이 설영을 안아주었다.

검은 띠가 둘러진 영정 사진 속, 어린 아이가 웃고 있다. 설영은 사진틀 안에 갇힌 아들의 얼굴을 쓰다듬었다. 아이의 체온을 느끼고 싶었지만 유리액자의 차가움만 손끝에 전해져왔다. 국화 꽃 옆에 놓인 하얀 배냇저고리가 보이자 명치끝이 아렸다.

'내 아들. 내 새끼.'

아이를 더 이상 끌어안아 줄 수 없다는 현실이 믿기지 않았다. 아이를 보내던 어둠의 시간이 떠오르자 설영은 몸서리쳐졌다. 아이의 눈빛이 시들던 날 그녀도 따라 죽고 싶었다. 신앙을 가졌음에도 슬픔에 마음이 녹아내린 그녀는 장례식장 한 귀퉁이 벽에 기대어 힘없이 주저앉았다. 설영은 아이의 영정사진을 품속에 꼭 끌어안았다. 정신을 차릴 수 없었다. 친구 해린이 낮에 와서 설영과 함께 있다 저녁이면 집에 돌아갔다.

아이를 처음 마주한 순간이 엊그제 같이 선명하게 떠올랐다. 자궁에서 막 빠져나온 아이는 첫 울음을 터트렸고 열 시간이 넘는 산고의 고통을 지나 마주한 아들은 작은 새 같았다. 간호사가 엄마 품에 아이를 안겨주었다.

"손가락 발가락 열 개 다 있네요. 아주 건강한 아들이예요."

설영은 옆에 서 있는 남편을 바라보며 말했다.

"믿기지 않아. 너무 신기해. 우리에게 선물 같은 애기가 왔다는 것이. 당신 닮았네?"

남편이 여러 종류의 꽃이 어우러진 꽃바구니를 그녀 머리맡에 가져다 놓았다.

"수고했어. 정말 고마워."

엄마 품에 안긴 아기의 심장이 발딱였다. 조그마한 입이 달싹이며 설영의 젖무덤을 찾았고 젖이 돌자 아이가 울음을 그치고 젖꼭지를 물었다. 생명줄 당기듯 젖을 빨아 넘기는 아들의 입술이 앙증맞았다. 하루가 지나자 아이는 감았던 눈꺼풀을 떴다. 까만 눈동자가 신기했다. 설영은 자신과 한 몸이었다 세상 밖으로 나온 아들이 하루하루 커가는 것을 보며 입가에 미소가 감돌았다. 모든 살아있는 것들이 그녀를 축복한다고 속삭이는 것 같았다. 아이는 한 해 두 해 건강하게 자라 어느덧 두 살이 되었고 걸음을 잘 걷게 되자 집 밖으로 나가는 걸 좋아했다. 그녀는 아이 손을 잡고 놀이터에서 가만가만 그네를 태우며 귓가에 속삭였다.

"세상이 이렇게 아름다운 줄 이제야 알았네? 우리 아들 사랑해."

병원으로 문안 온 해린에게 설영의 남편이 묵직한 봉투를 건넸다.

"한두 달 아내 곁에 있어주시면 안될까요? 도와주시면 감사하겠습니다."

"돈 필요 없어요. 자주 올게요. 이전부터 자매나 다름없는 사이인거 아시잖아요."

"그래도 그게 아니죠. 제 마음 편하게 해주세요."

"그러시다면 받고요. 설영이 위해 저도 최선 다할게요."

며칠 후 설영은 퇴원하여 집으로 돌아왔다. 해린은 매일 설영의 집으로 향했고 기꺼운 마음으로 친구를 돌보았다.

"커튼을 이리 두껍게 치고 창문도 안 열고 이게 뭐야."

설영이 부스스 일어나 앉았다.

"요즘 가위에 자주 눌려. 귀에서 윙윙 소리도 나고."

"네 몸이 약해져 그래. 이러다 뼈밖에 안 남겠다. 잘 먹고 기운차려야지."

"아들 방에 가면 옷상자 있을 거야. 아들이 입던 옷들 거기 모아놓았어. 배냇저고리만 남겨두고 네가 정리해 주면 좋겠다."

"걱정 마."

해린은 전복죽을 끓여왔다.

"얼른 먹고 기운차려. 성의를 봐서라도."

설영은 죽 한 숟갈 입으로 가져가나 싶다가도 다 토했다. 극한의 참담함은 몸이 먼저 알았다. 설영의 몸은 음식을 받지 않았다. 그녀는 점점 말라갔다. 물만 먹어도 토했다. 거식증이었다.

"벌써 한 달째 음식을 거부하면 어쩌자는 거야. 설영아. 몰골이 이게 뭐니. 거울을 봐. 피골이 상접해서 사람 같지 않다. 제발 좀 먹어라."

해린 덕분에 조금씩 기운을 차리게 되자 설영은 등산을 강행했다. 초록 잎사귀를 바라보면 마음이 평온해졌다. 가파른 숨을 내쉬며 산 중턱에 이르렀다. 비탈진 숲길 옆, 흙이 무너져 내려 낭떠러지에 겨우 버티고 서 있는 떡갈나무 한 그루를 보았다. 마음이 울컥했다. 나무뿌리는 반쯤 흙 밖으로 나와 있었다.

"너도 나와 다를 바 없구나."

설영의 시선이 뿌리가 드러난 나무 밑동부터 하늘로 뻗어나간 나무 끝까지 훑어내렸다. 나무 가지 중간 쯤 아주 작은 연한 순이 돋아나오고 있었다. 그녀는 한숨을 길게 한번 내쉬고 나무 그늘 아래 섰다가 발걸음을 돌렸다. 그때였다. 수 미터 앞에서 너구리 한마리가 어린 고라니 새끼를 잡아먹고 있었다. 살이 다 뜯겨나간 새끼 고라니가 보였다. 설영이 다가오자 너구리는 발자국 소리에 뛰어 달아났다. 그녀는 고개를 돌렸다. 속이 울렁거리며 구토증이 올라왔다. 애써 눈을 돌리고 오솔길을 걸어 산중턱으로 계속 올라갔다. 입에서 소리 없는 절규가 절로 나왔다.

'저한테 왜 그러세요? 제가 뭘 그리 잘못했나요? 왜 이리 참혹한 벌을 주십니까? 왜. 왜. 뺏어 갈게 없어 어린 내 아이를 뺏어 간단 말입니까? 세상 두 동강 나버렸으면 좋겠습니다.'

초음파를 통해 처음 아기집을 보았을 때 세상을 다 얻은 것 같았다. 화면 속 작은 심장이 뛰는 소리는 결코 잊을 수 없는 감격이었다. 칠 년만에 찾아와 준 기적이 믿기지 않았다. 뱃속에 안착한 둥 글고 작은 점을 보면서 설영은 얼마나 감사했던가?

'이러려고 어린 생명 주셨던 건가요? 도대체 왜. 최고의 환희를 맛보게 하시더니 결국 제 인생 나락으로 떨어뜨리려 그런 건가요? 사랑의 하나님이라면서요. 그놈의 사랑. 위선자.'

하늘을 향해 원망의 시선을 들었다. 굴참나무 가지 위 까마귀가 깍깍 소리내며 울었다. 그녀의 황폐해진 마음은 포악해졌다. 돌을 들어 까마귀에게 힘껏 던졌다.

"까마귀. 너마저. 비참해진 나를 비웃는구나."

남편 희수는 술에 의지했다. 잠이 오지 않는다고 했다. 시선은 늘 몽롱했다. 집에 오면 소파에 모로 누워 자거나 아이의 흔적이 남아 있는 작은 방으로 들어가 아이가 가지고 놀던 장난감을 이리저리 만지다 이불도 펴지 않은 채 쭈그리고 잠들었다. 차차 귀가가 늦어 졌다. 말 수도 줄었다. 남편이 들어간 방은 불이 다 꺼져 있고 그의 웅크린 그림자만 보였다. 침묵은 점점 길어졌고 술에 취하면 이렇 게 말했다.

"집구석에 들어오고 싶지 않아."

두 해가 지났다. 남편에게 다른 여자가 있다는 걸 설영만 눈치 채 지 못했다. 남편의 여자를 알고 나서 설영은 해린을 만났다. 오직 해린 만이 마음을 터놓을 수 있는 유일한 친구였다.

"우리 자주 만나던 그 카페 있지? 갤러리 카페. 그림전시회도 하는. 그 카페에서 정오에 만나자."

"그래. 오랜만에 바깥나들이 좋네."

둘은 약속 시간에 카페에서 만났다. 설영의 얼굴엔 짙은 그늘이 드리워져 있었다.

"표정이 왜 그래? 무슨 일 있어?"

"아들이 떠난 자리가 너무 커서 마음이 뭉그러졌어. 남편과의 잠자리도 거부했지. 하늘 아래 숨쉬기조차 괴로우니까."

"……"

"보이지 않는 장벽이 우리 사이에 놓여 있었어."

"너도 쉽지 않았지. 누굴 뭐라 하겠니. 희수 씨 마음 돌아설 때까지 좀 기다려 보면 어떨까?"

"왜 그래야해?"

남편은 어느 날 트렁크에 대충 짐을 쌌다. 회사 근처 원룸에 방을 하나 얻어 그곳에 기거하겠다고 말했다.

"이해해줘. 더 이상 못 참겠어. 주말엔 집에 올게."

남편은 처음에는 주말마다 집에 왔으나 점점 한 달에 한번 두 달에 한번 그리고 아예 자신을 찾지 말라며 오지 않았다.

여름 내 폭우가 쏟아졌고 비가 그치자 사방은 습기로 눅눅했다. 그녀 마음은 떠내려가고 있었지만 비에 씻긴 세상은 멀쩡했다. 설영은 몸과 마음이 지칠 때면 집 가까운 산을 찾았다. 산으로 가는 길엔 하얀 들꽃이 하늘거렸다.

'아이는 떠나갔는데 저 꽃은 또 다시 그 자리에 어김없이 피어나는군.'

숲을 조금 올라가면 아들이 뿌려진 소나무가 있다. 설영은 소나무를 쓰다듬었다.

'엄마 울지 마. 엄마가 울면 나도 슬퍼져. 난 하늘나라에서 잘 지내고 있어.'

건강한 모습으로 나타난 아이가 또박또박 그녀에게 위로의 말을 해준다.

'아들 이리 온.'

아들을 꼭 껴안았다. 그 순간 아이는 안개처럼 사라졌다.

집으로 돌아온 설영은 남편이 남기고 간 옷들을 다 끄집어냈다. 그녀는 미리 준비해 놓은 큰 종이상자에 남편이 남기고 간 옷가지와 그가 사용하던 물건들을 다 집어넣었다. 그러다 문득 고개를 들어 벽에 걸린 나무 십자가를 쳐다보았다. 그 십자가는 남편이 직접 손으로 깎고 다듬어 만든 것이었다. 설영은 십자가를 보자 분노가 치밀었다. 식탁 의자를 끌어다 올라서서 십자가를 떼어 바닥에 힘

껏 내동댕이쳤다. 십자가는 두 동강이 났고, 그녀는 남편 물건들이
담겨 있는 박스에 십자가를 던져 넣었다.

해린은 자신이 이끄는 산사랑 팀에 설영을 끌어들였다.

"사람은 자고로 바깥공기 마셔야 해. 그래야 생기 나지. 이제 그
만 집에서 나와."

설영과 해린은 주황색 등산 가방을 메고 산 초입에서 만났다. 세
상은 온통 연두 빛이었고 봄바람이 발걸음을 가볍게 했다. 나무들
은 봄의 생동하는 기운을 한껏 들이킨 듯 줄기마다 연한 잎을 매달
고 있었다. 둘은 산등성이를 오르며 노랗게 핀 꽃 앞으로 다가갔
다. 해린은 산에만 오르면 식물박사가 되었다. 산사랑 팀에서 약초
박사라 불리울 만큼 식물에 대한 백과사전적 지식이 풍부했다.

"여기 생강나무 꽃이 피었네? 봄에 가장 먼저 피어나는 꽃이야.
잎보다 꽃이 먼저 피어나 봄을 알리지."

"넌 모르는 게 없구나. 난 노란색 꽃 색깔이 산수유 꽃과 늘 헷갈
리더라."

"어여쁜 것이 설영이 꼭 너 닮았다."

"하하. 네가 날 웃게 해주는구나. 지난 겨울 너와 나의 산행 생각
나?"

"맞아. 지난 해 겨울 산도 올랐는데 봄 산행은 식은 죽 먹기지."

지난 겨울 절벽으로 소문난 산을 올랐다. 눈이 내리면 순결한 흰색으로 덮이는 아름다운 산에 눈보라가 흩뿌리고 있었다. 산속 가파른 곳마다 계단이 있었다. 성글게 내리는 눈송이를 온 몸으로 맞으며 수백 개의 계단을 올랐다. 설영은 하나 둘 셋 하며 계단의 개수를 세어 나갔다. 숨이 가빠왔다. 숫자를 세면서 계단을 오르다 보면 숫자에 머리 쓰느라 힘들다는 생각이 덜했다. 잠시 멈춰 서서 숨을 돌렸다. 설영이 해린을 돌아보며 말했다.

"내가 이 깊은 골짜기 통과할 수 있을까? 저 높은 산꼭대기 정상에 우뚝 설수만 있다면."

"산이 높으면 골이 깊다고 하더라."

벌거벗은 나무들은 그 자리에 서서 꼼짝없이 눈보라를 맞고 있었다. 설영이 나무를 향해 입속으로 중얼거렸다.

'아무도 나를 지켜주는 이 없듯이 너도 나랑 똑같네.'

해린이 말했다.

"나무들은 말이야. 봄이 되면 다시 잎이 돋고 꽃을 피우고 열매 맺더라. 아무도 돌보는 사람 없는데. 죽은 것 같은데 다시 살아나는 자연의 이치 참으로 위대하지."

계단 중간에 섰다. 찬 겨울바람이 설영의 이마에 맺힌 땀을 식혀 주었다. 등산화 밑창에 깐 아이젠이 미끄럼을 방지해 주었다.

"해린아. 네가 저번에 선물이라고 사다준 아이젠, 신발에 붙은 쇳덩이가 설산을 오르는 나를 살려주는구나."

설영은 아이젠에 낀 눈덩이를 꼬챙이로 뺀 다음 눈을 들어 골짜기 경사진 곳에 비스듬히 몸을 세우고 있는 굴참나무에 시선을 돌렸다. 굴참나무 끝에 매달린 까치집이 보였다. 해린이 말했다.

"저기 저 까치집 봐라. 저렇게 나무 꼭대기 끝에 집 짓는 이유 뭔지 아니? 뱀이나 다른 짐승들이 접근 못하게 그러는 거래."

"그렇구나. 쓰러질 듯 위태위태한 나무 꼭대기에 집 짓느라 까치도 무진 애 썼겠네. 어미까치도 어린 새들 먹여 살리느라 부지런히 벌레 물어다 주겠지?"

설영은 까치가 보이지 않는 까치집을 향해 큰 목소리로 외쳤다.

"그 대피소 편안하니?"

까치집 위로 하얀 눈이 쌓여가고 있었다.

"저 까치집도 쏟아지는 눈의 무게 감당하고 있구나. 하지만 나는 인생의 무게 끝까지 견디면서 계속 살아가야 할 이유를 모르겠어. 어차피 우리는 다 죽잖아."

"왜 그런 말을. 새벽이 오기 전 어둠이 가장 캄캄하다더라. 너랑 겨울 산 오를 때마다 경험하잖니. 수도 없는 가파른 계단 오르다 보면 다리가 잘려나갈 것 같은 통증 오잖아. 한 걸음 더 걸을 수 없을 만큼. 근데 어느 새 정상이 코앞이지. 산 정상에서 인생 관조할 수 있는 날 올 거야."

"그래."

함박눈이 자꾸만 눈꺼풀 위로 내려앉았다. 설영은 아이젠을 다시 점검했다. 차가운 입김을 내뱉으며 눈 덮인 설산 정상 향해 다시 한 걸음 내딛었다. 그 뒤를 해린이 따랐다. 드디어 둘은 산 정상에 다다랐다. 하얀 눈꽃들이 덮인 산 아래 마을 풍경은 아련하여 현실 같지 않았다. 해린이 설영에게 따뜻한 보온병에 든 물을 건넸다. 뜨거운 차를 한 모금 마시자 몸이 녹았다.

"산 위에서 내려다보면 아웅다웅 사는 인간사가 부질없어 보여. 허탈해. 물론 네 슬픔은 헤아릴 수 없이 크지만."

설영이 산 아래를 보며 대답했다.

"내 곁에 있어주어 고마워."

봄 산은 시야를 흐리던 미세먼지와 황사가 물러가 오랜만에 맑게 개였다.

"지난겨울산행 고생한 거 생각하면 봄 산행은 말 그대로 발걸음 가볍게네."

"저 맑은 하늘과 잔잔히 떠있는 솜털구름 좀 봐."

산 초입 등산로 입구는 길이 평평하게 나있어 걷기에 좋았다. 새소리 바람소리를 들으며 걷다보니 번잡스럽던 머리도 맑아졌다. 산모퉁이 돌아 구불거리는 길을 거슬러 올라가다 보니 숲속 길 옆,

이름 모를 식물들이 보였다. 설영이 초록 잎사귀가 특이한 식물에게 다가갔다. 해린이 말했다.

"그건 초오라는 독초거든. 잎사귀가 쑥이나 미나리 비슷하게 생겼지. 나물인줄 알고 잘 못 먹으면 혀부터 말리면서 눈앞이 하얘지고 손발이 굳어. 심장과 머리까지 마비되어 그 자리에서 즉사한다고 해. 엄청난 풀이지."

설영은 자기도 모르게 깜짝 놀라 한 발 뒤로 물러섰다.

"이렇게 싱싱하고 예쁜 풀이 독초라니 믿을 수 없어. 겉으로 보기엔 전혀 독을 품고 있을 거 같지 않은데."

"로마 병정의 투구를 닮았다고 해서 투구꽃이라고도 해. 0.0002그램만 먹어도 중추신경이 마비되어 2분 안에 즉사한다지. 옛날 전쟁터에선 화살촉에 묻혀 독화살로 사용했고. 조선시대에는 사약 원료로 쓰였어. 숙종 비 장희빈의 사약에도 초오를 썼대."

설영은 바짝 긴장했다.

"이런 독초들이 길 섶 가까이 있다니. 정말 무섭다."

"그래서 산나물 뜯을 때 조심해야 해. 봄철에 나물인줄 알고 뜯어 먹다가 그 자리에서 죽을 수도 있어."

"그럼 독초는 다 나쁘기만 한 걸까?"

해린이 아는 척 했다.

"세상에 무조건 나쁜 풀 없듯이 어떻게 활용 하느냐에 달려있어.

독초도 법제과정거치면 좋은 약이 되거든. 단 명약이 되려면 맹독성 풀이기에 한의사라든지 전문가 손 거쳐야지. 자기스스로 말리거나 쪄서 약초로 먹는 건 위험천만이고."

일행은 반나절 걸어 산 정상까지 도달했다. 해린이 한껏 고조되어 말했다.

"드디어 산 정상이네요. 바람이 무척 시원하죠? 여섯 달 전 산사랑 팀 만들어 매주 우리 지역의 산을 다니기 시작한 이래로 지금껏 오른 산이 무려 스물다섯 개나 되요. 비가 오고 눈 오고 바람 불어도 한 주도 빠지지 않았죠. 모두에게 박수 한 번 쳐주세요."

정상에서 땀을 식힌 일행은 다시 굽이진 산등성이를 돌아 내려왔다. 그들은 다음에도 함께 할 것을 약속하고 헤어졌다. 설영의 집에 돌아온 둘은 수도꼭지 온수를 틀어 반신욕조에 따뜻한 물을 채웠다. 등산 다녀와 반신욕하고 나면 쌓인 피로가 싹 풀렸다. 반신욕 후 둘은 따뜻한 차를 마셨다. 해린이 말했다.

"물이 생명이야. 살기 위해 매일 물 마시듯, 사막처럼 메마른 마음 켜켜이 쌓인 독, 희석시킬 생명수 물이 너에게 필요해. 아무 불순물도 섞이지 않은, 맑고 투명한 물 말이야. 인생은 어차피 고해라잖니. 네 슬픔도 위로 받는 날 올 거야."

오랜만에 설영이 웃으며 대답했다.

"나도 그런 물 있으면 먹고 해갈했으면. 맑은 물. 불순물이 없는 물. 독을 해소 시키는 물."

　해린이 병원 응급실로부터 전화를 받은 것은 다음날 새벽이었다. 설영이 위독하다는 말에 해린은 한달음에 달려갔다. 많이 안정을 찾은 줄 알았는데 설영이 자살 시도를 하다니 해린은 믿기지 않았다. 설영은 미동도 하지 않고 병원 침상에 누워 있었다.

　'끈덕진 어둠은 쉽게 물러서지 않는구나.'

　해린은 자책했다.

　'설영에게 물이 필요하다고 독초를 희석할 물이 필요하다고 설교만 하지 말고 조금 더 진정으로 손 내밀었더라면.'

　다행히도 일찍 발견되어 위세척을 한 설영이 살아났다. 해린이 눈을 감고 누워있는 설영의 이마를 쓸어내렸다.

　"좀 괜찮니?"

　정신이 돌아왔는지 설영이 창백한 얼굴로 해린에게 말했다.

　"살풍경한 세상 더 살아갈 이유 찾지 못했어. 내 나름 애썼거든. 내 마음도 내 맘대로 안 되더라. 끈질기게 따라붙는 안 좋은 기억들 말이야. 육체는 멀쩡한 듯 살아 있지만 부스러진 영혼은 그때 아들과 함께 죽었어. 심해의 어둠 속, 검은 바다 가장 밑바닥. 거기에 나도 가라앉았지."

　해린이 설영의 손을 꼭 잡았다.

"삶이 탁 트인 대로로만 뻗어 있다면 얼마나 좋겠니. 네 마음 알아. 아들 향한 애도의 기간 굳이 침범하고 싶진 않아. 인생에 일어나는 문제에 어떤 해답이 있겠어? 그저 나는 네 곁에 항상 있을 거라는 것만 알아둬."

산속 옹달샘은 졸졸 물이 흐르고 있었다. 작은 샘은 투명하게 맑아서 올챙이 무리의 움직임이 훤히 들여다보였다. 새소리와 바람 소리가 어우러진 숲속은 조용했고 평화로웠다. 한동안 시원한 나무 그늘 밑에 쉬던 설영은 숲속에서 나와 도로가로 걸어 나갔다. 오늘은 집으로 가지 않았다. 고요와 적막에서 벗어나 도시의 소음 속으로 들어가고 싶었다. 버스를 타고 시내 중심가로 향했다. 버스에서 내려 해린과 종종 들르던 갤러리 카페로 발걸음을 옮겼다. 굽이진 골목을 돌면 카페가 있었다. 갤러리 카페는 2층으로 되어있었다. 1층에는 어느 작가의 그림을 전시하고 있었다. 커피 한 잔을 주문했다. 진동 벨이 울리자 커피를 받아들고 2층으로 향했다. 2층에는 십자가 조각상 전시회를 하고 있었다. 설영은 여러 모양의 십자가 조각상을 둘러보다 한곳에 발걸음을 멈췄다. 그것은 예수의 십자가상이었는데 십자가 위 예수의 몸속이 텅 비어있었다. 옆에서 여자 둘이 대화하는 소리가 설영의 귀에 들렸다.
"십자가 조각상을 진흙으로 구운 거 같은데. 십자가에 달린 예수님을 형상화하고 예수님 몸 안은 다 파냈네? 참 특이하다."

설영은 십자가상 앞에 섰다. 예수의 텅 빈 몸속을 한참 들여다보았다. 보이지 않는 어떤 기운이 전달되어왔다. 그녀는 그 자리에 서서 꼼짝 할 수 없었다. 눈가에 눈물이 맺혔다. 텅 비어 있는 예수의 마음속으로 마음이 걸어 들어갔다. 십자가 예수의 품 속, 아들이 안겨있었다.

"아들아."

두 팔 벌려 아이를 꼭 끌어안았다. 저도 모르게 다리에 힘이 풀린 설영은 그 자리에 철퍼덕 앉았다. 잠시 후 벽을 짚고 일어선 그녀는 십자가 조각상을 손에 들고 테이블로 갔다. 시간 가는 줄 모르고 조각상을 들여다보며 터지려는 울음을 참았다. 한참 그렇게 앉아있던 그녀는 속이 텅 빈 예수 십자가상을 집어 들고 1층 카운터로 내려와 계산을 했다. 직원은 십자가상을 박스 포장하여 무심히 건네주었다.

갤러리 카페 밖으로 나왔다. 하늘은 맑았고 짙은 생명의 기운이 전신을 감쌌다. 경사진 언덕길, 되돌아 걸어 내려오는데 멀리서 한 무리 아이들이 뛰어서 올라오고 있었다. 일곱 살쯤 되어 보이는 유치원생들이었다. 여자 선생님 한 명은 아이들 앞에서 또 한 명은 아이들 뒤에서 함께 했다. 아이들은 비탈진 길을 '무궁화 꽃이 피었습니다'하며 멈추었다 뛰었다 오르고 있었다. 아이들이 언덕길

오르며 지치거나 짜증내지 말기를 바라는 선생님 지혜인 듯했다. 선생님이 '무궁화 꽃이 피었습니다' 하며 뒤돌아보면 아이들은 뛰다가 동작을 멈추었다. 순간 한 남자 아이가 뛰어오다 앞으로 넘어졌다. 선생님은 놀라 아이에게 다가갔다. 선생님은 걱정스러운 얼굴로 아이의 상처를 살펴보았다.

"건우야. 괜찮아?"

아이의 무릎에서 피가 났다. 아이가 얼굴을 찡긋하더니 이내 씩씩하게 말했다.

"괜찮아요. 선생님. 저는 용감하잖아요. 엄마가 맨날 말했어요. 뛰다 넘어지면 울지 말고 슈퍼파워 외치고 일어나면 된다고요."

남자아이는 선생님이 내민 손을 잡고 일어섰다.

"아침에 엄마가 땀 닦으라고 손수건을 가방에 챙겨줬어요. 그걸로 다친 데 매면 되요."

아이가 가방을 열더니 손수건을 꺼냈다. 급히 꺼내느라 땅바닥에 떨어졌다. 선생님이 손수건을 주어들며 말했다.

"건우야. 꽃무늬가 참 예쁜 손수건이구나. 엄마가 만들어주었니?"

"아뇨. 우리 엄마는 그런 거 못 만들어요. 옷감 파는 가게 사장님이 주셨대요. 제가 제일 좋아하는 손수건이예요."

설영은 그 모습을 지켜보다 깜짝 놀랐다. 선생님은 손수건에 수

놓인 문양을 찬찬히 들여다보더니 끝에 자수로 수놓아진 이름을 읽었다.

"k. m. u. 김 민우. 이름이 새겨져있네. 누구 이름일까?"

"그 이름은 처음부터 있었어요."

누군가 내 아들의 이름을 불러주다니. 아이의 이름이 잊혀지지 않다니. 멀리서 지켜보는 설영의 얼굴 위로 눈물이 흘렀다. 선생님은 상처가 난 남자아이의 무릎에 손수건을 싸매어 주었다. 선생님은 웃음 띤 얼굴로 아이를 쳐다보며 오른손 엄지를 들어 보였다. 아이는 손수건을 다리에 매고 폴짝폴짝 뛰었다. 선생님이 말했다.

"건우야. 너 다 나았구나. 진짜로 이 손수건에 슈퍼파워가 있나 보다."

아이는 어깨를 한번 으쓱 하더니 이내 무리에 섞여 다시 뛰었다. 설영은 언덕을 올라가는 남자아이의 모습이 시야에서 사라질 때까지 그 자리에 서서 한참을 바라보았다.

설영은 집으로 돌아와 십자가 조각상을 벽에 걸었다. 새벽마다 십자가 조각상 앞에서 두 손을 모으고 기도했다. 어느 새벽 속이 텅 빈 예수 형상 십자가에서 소리가 들렸다.

"실컷 욕하였느냐. 원망하였느냐. 죽이고 싶었느냐."

"네. 욕하고 원망하였습니다. 죽이고 싶었습니다."

"……."

"마음이 아프니?"

"마음이 너무 아파 마음이 흔적조차 없어진 것 같습니다."

십자가 위 텅 빈 예수 몸 안 뼈들은 부스러져 있었다. 찢긴 살들은 부스러진 뼈 사이로 흘러내리고 있었다. 멈출 수 없는 애통이 설영의 심장 깊이 터져 나왔다. 몇 시간을 울었을까? 사방에서 시원한 바람이 불어왔다. 설영은 눈물을 멈추고 십자가 조각상을 다시 바라보았다. 예수의 처절했던 텅 빈 몸 안, 시공간의 공명을 타고 아이가 보였다. 아이의 다 타버린 몸 마른 뼈와 뼈들이 서로 연결되었다. 마른 뼈 위에 힘줄이 생기고 살이 입혀지고 가죽이 씌워졌다. 보이지 않는 음성이 그녀의 귓가에 들렸다.

'죽음을 당한자여. 살아나라. 너는 내 안에 나는 네 안에 있음이다.' ✣

원형감옥

영기는 자주 환영에 시달렸다. 영기가 눈을 뜨고 있을 때는 뱀이 보이지 않았다. 어릴 적
영기를 학대하던 새엄마를 떠올리면 새엄마의 얼굴 위로 살모사가 겹쳐보였다. 뱀은 새엄
마 노릇을 했던 여자의 입에서 튀어나와 영기의 입과 귀, 머리를 뚫고 두 개로 갈라진 혓바
닥을 날름거리며 영기의 정수리에 똬리를 틀었다. 영기는 자신과 정확히 2미터 거리를 유
지하고 있는 양심수를 앞에 세워두고 떠들어댔다.

"그때 그년을 죽였던 건 정말 잘한 일이었어. 그년은 사람이 아니라 살모사였으니까. 그런
데 그년은 죽었는데 그년 안에 있던 살모사가 왜 나에게 왔느냐 말이지."

원형감옥

양심수가 영기에게 다가오자 신체감지센서가 작동했다. 금세 고막을 찢을 듯 요란한 소리가 그들 사이를 가로 막았다. 양심수의 목소리가 소음에 파묻혀버렸다. 그들은 감시탑에서 보내는 신호음 지시대로 서로 2미터 떨어져서 적정거리를 유지했다.

"양심수. 너를 보면 지나간 내 과거의 그림자가 생각나. 나한테서 떨어져. 안 그러면 내가 널 처단하고 말거야."

양심수는 조용히 영기에게 한 발자국 다가갔다.

"제발 난동 좀 그만 부려. 너 독방에 감금된 게 벌써 세 번째야. 이제 겨우 나와서 또. 난 영기 너와 떨어질 수 없어."

영기가 몸을 부르르 떨었다.

"그년을 찌르고 나서 그년의 눈빛을 보았지. 묘하게도 살모사의 눈빛과 닮아 있더군. 다시 한 번 난 그년의 눈을 똑바로 쳐다보았어. 그년이 파리처럼 손을 빌며 살려달라고 애원하더라니. 난 그년의 경동맥을 단번에 잘라버렸지. 그년은 사람이 아니었으니까. 살모사."

살모사라 힘주어 내뱉으며 영기가 미친 듯이 웃었다.

"솟구치는 그년의 피를 보자 내 속에서 무언가 펑 하며 터져나가더군. 그년은 컥컥 피를 토하며 숨이 끊어졌지."

잠자코 계속 듣고만 있던 양심수가 드디어 입을 열었다.

"그래서 원한이 풀리던가?"

영기가 소리를 질렀다.

"닥쳐. 이 새끼. 보자보자 하니 계속 설교질이야? 네가 나 같은 삶을 살아봤어?"

"속이 후련하던가 말이야?"

영기는 양심수에게 마지막 총구를 겨누었다. 방아쇠를 당기는 영기의 손에 힘이 들어갔다.

"더러운 새끼 손들어. 양의 탈을 쓰고 생 쇼하는 것 이번 생으로 끝이야. 혼자 선한 척, 고고한 척 위선자. 널 내 손으로 반드시 죽이고 말거야!"

양심수가 가만히 영기를 바라보았다. 순간 영기의 입에서 뱀이 튀어나왔다. 살모사는 갈라진 혀로 영기의 얼굴을 쓱 한번 훑더니 재빠르게 영기의 귀속으로 파고들었다. 이윽고 혀를 날름거리며 영기 머리 위로 튀어 나왔다. 살모사는 웅크린 몸을 천천히 펴더니 앞으로 내밀었다. 살모사의 눈이 한껏 치켜 올라갔다. 매섭게 영기를 노려보던 살모사가 입을 쫙 벌렸다. 살모사는 커다란 입으로 있는 힘껏 영기를 집어 삼키려 했다. 영기의 몸이 사시나무처럼 떨렸다. 발이 땅에 달라붙었는지 한 발자국도 움직여지지 않았다.

'살모사에게 물리면 일곱 발자국도 못가 고꾸라진다는데.'

바짝 다가온 살모사가 영기의 목을 단단히 휘감았다. 냉기서린 차가운 감촉에 영기는 등골이 오싹했다. 온몸에 식은땀이 줄줄 흘렀다. 영기는 소름끼치는 그것을 어떻게든 떨쳐 내고 싶었다. 하지만 손을 움직일 수 없었다. 살모사는 날카로운 이빨로 영기의 목을 콱 물었다. 영기는 목에 달라붙은 살모사를 두 손으로 간신히 떼어 내며 단말마의 비명을 질렀다.

'아아악!'

양심수를 향해 겨누었던 총이 영기의 손에서 툭 바닥에 떨어졌다. 양심수는 재빨리 영기 등 뒤로 몸을 감추었다. 꿈인지 생시인지 정신이 혼미했다. 영기가 살인죄를 저지르고 무기징역 형으로 원형감옥 안에 갇힌 지도 벌써 5년째였다. 영기는 머리가 깨질 듯이 아팠다. 요즘 들어 영기의 눈에 똬리를 튼 살모사가 자주 보였다.

'어미를 죽이고 태어난다고 해서 살모사라지? 이러다 정말 제명을 못살겠어. 이 모든 게 양심수 저놈 때문이야.'

영기는 양심수를 하루라도 빨리 죽이고 싶었다. 양심수는 방탄복을 입고 있었다. 뿐만 아니라 투명 가림막 같은 옷을 방탄복 위에 덧입고 조금도 틈을 주지 않았다. 영기는 자신의 살인계획을 쉽사리 실행할 수 없었다.

'양심수라고? 가슴에 붙어있는 저 명패부터 확 그냥 떼어버리고 싶군! 급소를 찾아 한 방에 때려 눕혀야 분이 풀릴 텐데.'

총으로 안 되면 살모사를 던져서 그놈의 목을 콱 물게 하고 싶었다. 양심수는 영기의 공격이 어느 때 들어올지 몰라 스물 네 시간 흐트러짐 없는 방어자세를 취했다. 영기는 눈에 살기를 띠고 양심수를 노려보았다.

"너도 허점은 있겠지. 두고 보자. 언제까지 버티나."

양심수는 개의치 않았다. 그는 마음에 힘을 주는 명언과 좋은 문구들을 죄수복 주머니 여기저기 넣고 다니며 불쾌한 감정이 들어올 때마다 글자를 하나씩 씹어 먹었다.

영기와 양심수는 투명 통유리로 된 원형감옥 안에 갇혀있었다. 교도관들은 하늘로 열려있는 원형감옥의 꼭대기 탑 층에서 최첨단

장비로 그들을 감시했다. 원형감옥 꼭대기에 있는 감시탑 안의 교도관들은 3교대로 근무를 했다. 감시탑은 언제나 불이 꺼져 있었다. 반대로 죄수들이 있는 곳은 24시간 불이 켜져 있었다. 죄수들이 무슨 일을 하는지 감시탑에서는 다 보였지만 죄수들은 감시탑의 교도관들을 볼 수 없었다. 통유리로 만들어진 각 방마다 죄수 두 명씩 감금되었고 그들은 2미터 거리를 유지해야 했다. 조금이라도 서로에게 다가가면 신체감지센서가 작동하여 이내 고막을 찢을 듯 요란한 소리가 귀청을 때렸다.

영기는 자주 환영에 시달렸다. 영기가 눈을 뜨고 있을 때는 뱀이 보이지 않았다. 어릴 적 영기를 학대하던 새엄마를 떠올리면 새엄마의 얼굴 위로 살모사가 겹쳐 보였다. 뱀은 새엄마 노릇을 했던 여자의 입에서 튀어나와 영기의 입과 귀, 머리를 뚫고 두 개로 갈라진 혓바닥을 날름거리며 영기의 정수리에 똬리를 틀었다. 영기는 자신과 정확히 2미터 거리를 유지하고 있는 양심수를 앞에 세워두고 떠들어댔다.

"그때 그년을 죽였던 건 정말 잘한 일이었어. 그년은 사람이 아니라 살모사였으니까. 그런데 그년은 죽었는데 그년 안에 있던 살모사가 왜 나에게 왔느냐 말이지."

영기의 얼굴이 심하게 일그러졌다. 이내 어두운 그림자가 영기의 얼굴에 드리워졌다.

정기옥 소설

"그년을 토막내서 텅 빈 냉장고 안에 시신을 넣었지. 그년의 숨통을 끊으며 난 희열을 느꼈어. 완전범죄가 될 수 있었는데. 그 날 이른 새벽, 사람들 눈을 피해 시화호에 갔었지. 그년의 더러운 몸에 돌을 달아 강 깊이 던졌는데 말이야. 하필 깨끗이 청소한 냉장고에 혈흔 하나가 남아있었을 게 뭐람. 천 번을 쳐 죽여도 시원치 않을 년!"

영기는 어릴 적 기억이 떠오르자 가슴을 움켜쥐었다. 저도 모르게 몸이 부르르 떨렸다. 영기가 주먹을 불끈 쥐고 양심수를 노려보았다.

"새엄마라는 년은 아버지만 없으면 플라스틱 파리채로 나를 흠씬 두들겨 팼지. 유난히도 추웠던 그날을 절대 잊을 수 없어. 나를 발가벗겨서 문 밖으로 내쫓았거든. 그년만 떠올리면 지금도 온몸에 소름이 돋아. 온갖 더러운 쌍욕과 악담을 나에게 퍼부어대던 그년의 입에 살모사 일곱 마리가 보였어. 그 때였던 거 같아. 그년의 입에 있던 한 마리 살모사가 튀어나와 나를 콱 물었던 것이."

순간 영기의 눈꺼풀이 파르르 떨렸다. 삼십여 년 전 그날이 어제 일처럼 떠올랐다.

일곱 살 영기는 아파트 베란다 10층 창문 밖을 내다보며 서 있었다. 저 멀리서 아버지가 걸어오는 것이 보였다.

"아빠다!"

원양어선 선원인 영기의 아버지는 한 번 배를 타면 2년 뒤에나 집에 돌아왔다. 태평양 건너 먼 바다로 항해를 나간다고 했다. 영기는 쪼르르 현관으로 달려 나갔다. 엘리베이터 앞에 섰다. 층수를 표시하는 빨간 불이 10층에 멈추더니 엘리베이터 문이 열렸다. 아버지는 영기를 보자 얼굴에 함빡 미소를 지으며 번쩍 들어 올렸다.

"우리 영기. 안보는 사이 많이 컸네."

영기는 바다냄새가 나는 아버지 품속이 좋았다. 아버지는 영기의 머리를 쓰다듬었다. 아버지가 집에 오는 날이면 새엄마는 천사 같은 표정으로 남편을 맞이했다.

"얼마나 고생이 많았어요. 보고 싶었어요."

"여보. 지난번 당신이 사다 달라던 명품 백이야. 이건 흑진주 목걸이. 이번에 조업이 잘 되서 봉투도 두둑해. 자 여기 생활비."

새엄마는 보란 듯이 일곱 살 된 영기의 밥그릇에 맛있는 반찬을 듬뿍 얹어주었다.

"영기야. 계란말이와 동그랑땡 많이 먹어. 튼튼하게 자라야 효도하는 거야. 그치 여보? 당신도 오랫동안 집 떠나 망망대해에서 얼마나 힘들었어? 피 같은 돈 버느라 애썼어. 당신 위해 소불고기 맛있게 요리했으니 많이 드세요. 자. 아 해봐."

새엄마는 콧소리를 내며 젓가락으로 소불고기를 집어 영기 아버지 입에 쏙 넣어주었다.

"우리 영기, 엄마 말 잘 듣고 있었지?"

아버지 입에서 말이 떨어지기 무섭게 새엄마가 말을 받았다.

"당신 아들 영기는 얼마나 말을 잘 듣는지 힘든 게 하나도 없어요. 동생도 형만큼만 하면 좋을 텐데."

새엄마는 세상에 그렇게 사랑스러운 아이가 없다는 듯 영기를 다시 한 번 쳐다보았다. 순간 새엄마의 입가에 교활한 미소가 스치는 걸 영기는 놓치지 않았다. 아버지는 새엄마의 손을 잡으며 말했다.

"당신이 만들어주는 집 밥이 제일 맛있어. 내가 무슨 복으로 이런 아내를 얻었는지 몰라."

아버지가 다시 태평양 먼 바다로 배를 타러 가는 날 영기는 현관으로 쪼르르 달려가 아버지 바지를 붙잡고 매달렸다. 아버지의 미간이 좁아졌다. 아버지는 안쓰러운 표정을 지으며 영기를 안아주었다.

"엄마 말 잘 듣고 있으면 다음에 올 때 두발 자전거 사다 줄게. 이제 영기도 일곱 살이니 동생도 잘 보살펴야해."

영기는 아버지가 시야에서 사라질 때까지 하염없이 아버지 등을 바라보았다. 새엄마는 아버지 발자국이 멀어지기 무섭게 섬뜩한 미소를 입가에 떠올렸다. 새엄마는 실뱀같이 가는 눈을 치떴다.

"뭐 해. 당장 안 들어와? 죽은 지 에미 똑 닮은 새끼. 너만 보면 이유 없이 기분 잡쳐!"

새엄마의 앙칼진 목소리가 영기의 목덜미에 내려앉았다. 영기는 현관문을 닫고 집안으로 들어왔다. 새엄마는 손에 파리채를 들고 서 있었다. 아버지가 가고 나면 창살 없는 감옥 생활이 다시 시작되었다. 밥통에서 며칠씩 굴러다니던 딱딱한 식은 밥, 김치, 간장이 영기에게 주어지는 1식 2찬이었다. 그 살기어린 눈을 보면 영기는 저도 모르게 몸이 굳었다.

"쪼그만 녀석이 식탐만 많아 가지고. 뱃속에 거지 들었니?"

새엄마가 영기를 째려보았다. 새엄마는 영기가 먹던 밥을 확 낚아챘다. 아직도 반밖에 먹지 못했는데 음식쓰레기 통에 버렸다. 어느 날은 며칠 째 나뒹굴어 딱딱하게 굳어진 곰팡이 핀 밥을 영기에게 먹으라고 내밀었다.

"밥 한 톨 남기면 죽을 줄 알아."

영기는 숟가락으로 밥을 떠서 꾸역꾸역 입 안에 퍼 넣었다. 곰팡이 썩은 내가 입안에 가득 퍼졌다. 영기는 이내 밥을 토했다. 새엄마는 영기의 뺨을 후려쳤다.

"다 너를 위한 거야. 어디서 토해?"

영기의 뺨이 빨갛게 부풀어 올랐다.

"도저히 못 먹겠어요."

새엄마가 격앙된 목소리로 소리를 질렀다.

"이 재수 없는 자식. 배가 불렀어? 한 톨도 남기지 말고 먹으라 했지! 밥만 축내는 거지 같은 놈."

새엄마는 파리채로 영기의 등짝을 내리쳤다. 이내 베란다로 영기의 몸을 떠밀었다. 베란다 찬 바닥에 매몰차게 영기를 내몬 새엄마는 안에서 문을 잠가버렸다. 영기의 얼굴이 파랗게 질렸다. 영기는 갇히지 않으려 문을 잡고 매달렸지만 일곱 살 작은 영기의 몸으로 버티기엔 역부족이었다. 영기는 눈물 콧물 다 쏟으며 숨 넘어갈듯 울었다. 베란다 창문을 쉴 새 없이 두드렸다. 베란다 창 너머 새엄마의 목소리가 들렸다.

"징글징글한 놈. 귀신은 뭐 하나. 저 새끼 좀 잡아가지 않고."

영기는 베란다 찬 바닥에 맨발로 서서 창문 너머 보이는 새엄마를 향해 손바닥을 모으고 파리처럼 빌고 빌었다. 거실에서는 새엄마와 의붓동생이 밥솥에 갓 지은 따뜻한 밥을 먹고 있었다. 새엄마는 영기와 눈이 마주치자 주먹을 들어 영기를 때리는 시늉을 했다. 새엄마는 냉큼 일어서더니 베란다 쪽 커튼을 내렸다. 이내 거실 쪽이 커튼에 가려 보이지 않았다. 영기는 사방에서 밀려오는 냉기에 몸이 저려왔다. 얼굴을 타고 흐르는 눈물은 채 마르기도 전 겨울 찬 공기에 얼어붙었다. 영기는 붙박이가 된 것 같았다. 추위에 정

신이 가물가물해졌다. 새엄마는 꼬박 하루 동안 베란다에 영기를
가둬놓았다.

"자기야. 우리 집에 놀러 올래? 동물 한 마리 구경시켜 줄게."
새엄마는 아버지 몰래 사귀는 연하 남을 하루가 멀다 하고 불러
들였다. 음식을 한 상 차려놓고 둘은 배불리 먹었다.
"저 지겨운 새끼 없어졌으면 좋겠어. 정말 죽이고 싶어. 네가 처
리 해 줄래?"
연하 남은 닭다리를 뜯다가 흘낏 베란다 창 너머 영기를 바라보
았다.
"뭐 저렇게 어린놈한테 절절 매? 애비도 멀리가고 없는데 대충
키워. 불쌍하지도 않냐?"
연하 남은 베란다 문을 열더니 먹다 남은 닭다리를 영기에게 던
졌다.
"야. 너 거기 계속 있다가 얼어 죽겠다. 볼 때마다 상거지가 따로
없군. 그만 들어와."
남자가 열어준 베란다 문틈으로 영기는 비틀거리며 기어들어왔
다. 영기는 닭다리를 손에 들고 뼈까지 씹어 먹을 듯한 기세로 게
걸스레 먹었다. 연하 남은 그 모습을 보며 껄껄 웃어대더니 기름기
묻은 손으로 새엄마의 젖가슴을 옷 위로 주물러댔다. 새엄마의 간

드러진 기교 섞인 콧소리가 흘러나왔다.

"아이. 애새끼 앞에서 뭔 짓이야. 방으로 들어가."

새엄마가 비스듬히 몸을 기대며 연하 남에게 눈짓을 했다. 둘은 이내 방문을 걸어 잠그고 교성을 질러댔다.

겨울을 지나 영기는 초등학교에 입학했다. 영기는 점점 말라갔다. 얼굴엔 버짐이 피었다. 또래 아이들보다 키도 작았고 몸은 살집이 없어 마른 장작처럼 앙상했다. 어느 주말 저녁이었다. 그날도 새엄마는 아무 이유 없이 트집을 잡았다.

"당장 화장실로 들어가!"

새엄마는 영기를 화장실에 가두고 밖에서 불을 꺼버렸다. 어둠 속에 갇혔다는 공포에 영기는 몸서리를 쳤다. 영기는 작은 손으로 있는 힘껏 화장실 문을 밀쳤다. 밖에서 쇠사슬로 단단히 걸어 잠그는 소리가 들렸다. 아무리 밀어도 문고리는 열리지 않았다. 새엄마가 소리쳤다.

"이 자식 나오기만 해봐. 맞기 싫으면 얌전하게 있어."

불 꺼진 화장실 안, 시간은 흘렀다. 아니 흐르지 않았다. 영기의 시간은 그 자리에서 정지되었다. 영기의 헐떡이는 가냘픈 숨소리만 갇힌 공간에 차올랐다. 그렇게 천 년이 흐른 것 같은 캄캄한 하루가 지났다. 다음날 아침 문 앞으로 누군가 걸어오는 소리가 들렸다. 영기는 자포자기 상태가 되었다. 쇠사슬을 푸는 소리가 들렸고 문이 벌컥 열렸다. 영기는 힘없이 고개를 들었다. 살모사의 눈처럼 앙칼지게 치켜뜬 새엄마의 눈이 보였다.

"당장 씻고 나와. 더러운 새끼. 지겨운 새끼. 네 아빠가 한 달 후에 집에 온다고 하니 오늘부터 주는 대로 밥 잘 먹어. 아빠 왔을 때 고자질하면 어떻게 되는지 알지? 아빠 간 다음 무슨 일 일어날지 말이야."

영기는 부모가 다투는 것이 싫었다. 아무것도 모르는 아버지와 새엄마는 겉으로 보기에 사이가 좋았다. 자신 때문에 싸움이 일어날까봐 영기는 입을 다물었다. 아버지가 영기의 몸에 희미한 멍 자국을 물었을 때 새엄마는 넘어져서 다쳤다고 하거나 친구들과 싸워서 멍들었다고 핑계를 댔다. 아버지는 의아한 듯 머리를 갸우뚱했다. 하지만 이내 표정 없이 말했다.

"사내자식이 그럴 수도 있지. 그래도 친구들과 자꾸 싸우고 꼬집고 하면 안 돼. 알았어? 엄마 말 잘 듣고 엄마 속상하게 하지 마. 다음에 집에 올 때 영기가 좋아하는 선물 더 많이 사다 줄게."

잠깐 왔던 아버지와 다시 헤어질 날이 다가왔다. 영기는 아버지를 보내고 싶지 않아 아버지 품에 바싹 안겼다. 이번에는 아버지도 한참동안 말없이 영기를 안았다. 아버지는 그날 영기를 몇 번씩 뒤돌아보더니 한 줄기 바람처럼 다시 망망대해로 떠나버렸다.

새엄마는 외출할 때면 영기를 문고리에 묶어 놓고 나갔다. 영기는 묶인 채로 오줌도 싸고 똥도 쌌다.

"이게 무슨 냄새야. 네가 사람 새끼니? 개새끼니? 온 사방에 악취를 풍겨? 더러운 자식."

외출에서 돌아온 새엄마는 눈에 쌍심지를 켰다. 새엄마의 눈에 살기가 돌았고 뜨거운 불꽃이 일었다. 새엄마는 파리채가 부러질 때까지 영기의 작은 몸을 내리치고 내리쳤다.

"죽어. 죽으라고. 너 때문에 되는 일이 하나도 없어. 재수 없는 새끼."

영기의 얼굴이 흙빛으로 변했다.

"엄마. 잘못했어요. 다시는 안 그럴게요."

영기는 무엇을 잘못했는지도 모르면서 무조건 빌었다. 그날 밤 영기의 몸이 불덩이가 되었다. 온 몸에서 열이 펄펄 끓어올랐다. 생사의 기로에 선 영기의 질긴 목숨은 심각한 고비를 넘기고 어찌어찌 이어졌다.

새엄마는 한 달에 한 번 점집을 드나들었다. 새엄마는 점집 다녀오는 날이면 영기에게 더러운 악귀가 들렸다고 했다.

"온갖 잡귀신을 몸에 붙이고 다니는 놈. 태어나면서부터 제 어미를 죽이고 나온 새끼. 나까지 죽이려고 작정했지? 죽은 에미 귀신이 네 몸에 붙었다고. 너만 보면 머리끝이 쭈뼛거려!"

새엄마는 영기에게 소금을 뿌리며 현관문 밖으로 내쫓았다. 영기는 내복바람으로 덜덜 떨며 쫓겨났다. 살을 에이 듯 파고드는 한겨울 한파에 영기의 손과 발은 얼음장이 되었다. 그날 영기의 마음도 꽁꽁 얼어버렸다. 영기를 낳다가 돌아가셨다는 친 엄마가 너무나 원망스러웠다.

'엄마 그때 나도 데려가지 그랬어.'

영기는 문 밖에서 쪼그리고 앉아 울었다.

기억의 저편 끔찍한 고문 같았던 나날들이었다. 어둠의 시간들이 되살아나자 영기는 눈을 질끈 감았다. 영기의 옆에서 가만히 귀 기울여 듣고 있던 양심수가 말했다.

"너는 지금 증오심이라는 바이러스에 감염되어 있어. 누구나 마음이 썩어 문드러질 만큼 깊은 상처 하나씩 가지고 있지. 그게 인생이야. 깊게 패인 상처 곪아 터지지 않으려면 고름을 남김없이 잘 짜내야 해. 고이지 않도록."

영기가 양심수를 향해 고래고래 소리를 질렀다.

"뭐가 어째? 이 새끼. 나한테 감히 훈수 질이야? 뭐? 증오심이라는 바이러스? 그거 고칠 약을 주면서 아가리를 놀리든지. 입 닥쳐. 주먹 날아가기 전에."

양심수는 영기가 소리치자 영기 등 뒤로 숨었다. 펄펄 뛰던 영기가 잠잠 해졌다. 조용히 침묵하던 양심수가 다시 입을 열었다.

"어릴 적 받은 고통이 너무 크면 트라우마로 남지. 일명 PTSD. 외상 후 스트레스 장애라고 하지. 네 마음 이해해. 나도 그랬으니까. 암흑 같던 날들을 나도 겪었어."

영기가 눈에 힘을 주고 말했다.

"쳇! 미친놈. 아는 척은. 잘난 체가 하늘을 찌르는군."

양심수가 미동도 없이 다시 말했다.

"미움과 증오라는 바이러스는 잠복기를 거쳐 삶을 완전히 갉아 먹지. 다행히 나는 그곳에서 간신히 빠져 나올 수 있었어. 마음의 감옥에서 말이야. 너도 자유로워지려면 과거의 고리 끊어내야 해. 내가 도와줄게."

영기가 눈에 힘을 주고 말했다.

"무슨 수로? 그래봤자 나랑 똑같은 죄수 주제에. 우리는 일거수 일투족을 다 감시당하고 있어. 몰라?"

양심수가 말했다.

"우리 마음 깊은 곳까지 감시하지는 못해."

"너 미쳤냐? 뭔 헛소리를 지껄이는 거야?"

"교도관들보다 더 큰 분이 계시거든. 우리의 상처까지도 말끔히 치유해주시고 싸매주시는 분."

"신이 있다면 어째서 이 지경이 되도록 내 삶을 갈가리 망가뜨렸겠어? 내 인생자체가 덫에 걸린 기분이었다고!"

양심수가 말했다.

"나도 학대를 받고 자랐지. 감옥에 갇히고 나서 깨달았어. 쓴물을 더 이상 들이키지 말아야 한다는 걸. 절망을 선택할지 희망을 선택할지 너에게 달렸어."

영기가 말했다.

"입 닥쳐."

영기는 무서운 소용돌이 속에 갇혀버렸던 어린 시절이 떠올랐다. 막 중학교에 입학했을 무렵이었다. 망망대해로 배를 타러간다고 떠난 아버지가 영영 돌아오지 못했다. TV에서는 소말리아 해적에게 나포된 선원들 어쩌고 하며 연신 떠들어댔다. 해적의 총탄에 몇 명의 선원이 죽었다고 했다. 세상은 그대로인데 깊은 밤 캄캄한 흑암이 영기에게만 찾아온 것 같았다. 그날도 새엄마에게 엄청 두드려 맞았다. 영기의 마음은 깨어진 유리조각에 깊게 베인 것처럼 날카로운 비명을 지르고 있었다. 영기는 입을 앙다물었다. 두 주먹을 불끈 쥐었다.

'이 미친년하고 더 이상 이렇게 살 수는 없어. 반드시 힘을 키워 복수할 거야.'

아버지 장례를 마치고 새엄마가 영기를 불렀다.

정기옥 소설

"네 놈을 더 이상 키울 자신 없다. 보육원 입소 절차를 알아 볼 테니 그리 알아."

새엄마는 영기를 보육원에 데려다놓고 아버지 재산을 처분하여 의붓동생과 함께 떠나버렸다. 영기는 점점 자신의 내면 안으로 가라앉았다. 영기는 혼잣말을 중얼거릴 때가 많았고 마음의 균형감각을 잡기가 힘들었다.

아버지의 재산을 다 들고 나간 새엄마에 대한 마음속 증오심은 갈수록 증폭되었다. 그럴 때마다 영기의 온몸이 돌처럼 딱딱하게 굳었다. 영기는 자주 환영에 시달렸다. 새엄마를 죽이는 꿈도 자주 꾸었다. 자다가 저도 모르게 욕을 하거나 허공을 향해 주먹질을 하는 빈도수가 잦아졌다. 우울하고 분노가 가득 차 있는 영기에게 규칙적인 생활을 요구하는 보육원 분위기는 견디기 힘들었다. 영기는 생존을 위해 타인에게 자신을 맞추며 조용히 생활했다.

영기는 속에서 울분이 올라올 때마다 팔굽혀펴기를 수 천 번씩 했다. 울화는 올무가 되어 영기의 마음을 결박했다. 부서져버린 마음조각을 맞추려 애써볼수록 영기의 정신은 분열되고 있었다. 친어머니가 생각날 때마다 영기는 혼자 보육원 뒷산에 올랐다. 찬찬한 햇빛이 산모퉁이를 비추었다. 영기는 걸으면서 따스한 햇살을 느꼈다. 영기는 지그시 눈을 감았다. 영기를 낳고 산후풍으로 죽었다는 친어머니 품이 그리웠다. 눈앞에 한 조각 그림 같은 풍경이 떠올랐다. 친어머니는 슬픔이 서려있는 표정으로 영기를 내려다보았다. 친어머니는 젖이 나오지 않는 젖꼭지를 영기의 입에 물리며 '아가. 배고프지?' 라고 속삭이는 듯했다.

영기는 고등학교를 마칠 때까지 보육원에 머물렀다. 성인이 되는 해에 보육원에서 나온 영기는 이곳저곳 일자리를 알아보러 다녔으나 구하기가 쉽지 않았다. 생활정보지를 들여다보며 짬짬이 이런저런 아르바이트를 했다. 잠은 찜질방에서 잤다. 찜질방에서 낯선 사람들과 뒤섞여 몇 달을 보냈다. 찜질방에서 가끔 마주친 코골이 목수가 영기의 사정을 듣고 건설현장에서 같이 일하자고 권했다. 영기는 그를 따라 다니며 일을 배웠다. 어느 정도 건설현장 잡부일도 몸에 익어갔다. 젊은 혈기에 몸을 아끼지 않고 일하다 보니 어느 날 온몸이 으슬으슬 아프더니 몸살이 났다. 영기는 일찍 집으로 향했고 약국에서 감기약을 받아와 물과 함께 삼키고 땀을 뻘뻘 흘리며 잠이 들었다. 꿈속에서 새엄마가 비웃는 얼굴로 나타났다. 영기는 눈이 마주치자 꿈인지 생시인지 저도 모르게 몸이 완전히 굳어버렸다. 깨어나 보니 온몸이 식은땀에 흠뻑 젖어 있었다. 영기는 손에 힘을 주었다.

'언젠가 그년의 목을 따버리겠어. 반드시 복수하고 말 테야.'

한참동안 생각에 잠겨있던 영기가 빨갛게 핏줄이 선 눈을 크게 부릅뜨고 양심수에게 고함을 질렀다.

"이 새끼. 보자보자 하니 계속 설교질이야? 네가 나 같은 삶을 살아봤어?"

양심수가 들릴 듯 말 듯 말했다.

"네 손등에도 내 손등에도 동그랗고 커다란 청색 반점이 똑같은 자리에 있잖아."

핏발 선 눈이 쓰라려 영기는 다시 눈을 감았다. 정수리에 살모사 한 마리가 크게 똬리를 틀고 있는 것이 보였다. 살모사가 영기의 귀에 대고 슬며시 속삭였다.

'넌 친엄마와 새엄마 모두 죽인거야. 잘했어. 몸의 힘을 빼. 내가 네 귀에 조종하는 대로만 하면 돼. 모든 걸 내게 맡겨. 살인할 때의 희열감 그 환상적인 느낌 그건 나만이 너에게 줄 수 있거든.'

살모사가 갈라진 혀로 영기의 얼굴을 쓱 핥았다. 온 몸에 미끄러운 감촉이 퍼져나갔다. 소름이 끼쳤다. 영기는 정신을 가다듬었다. 심호흡을 크게 내쉬었다. 영기가 머리를 세차게 흔들자 살모사가 땅바닥으로 툭 떨어졌다. 살모사가 영기의 다리를 물려고 덤볐다. 영기는 순간 중심을 잃었다. 바닥으로 고꾸라지려는 찰나 양심수가 영기의 손을 잡았다. 영기는 재빨리 뱀을 피했다. 양심수는 옆에 있던 삽을 들어 살모사의 머리를 세게 찍어 눌렀다. 영기는 어지러웠다. 양심수가 영기를 부축해주었다. 영기가 천천히 양심수의 팔을 뺐었다. 영기는 이마의 땀을 쓱 닦았다. 영기는 의식이 몽롱해지고 눈이 자꾸 감겼다. 자신의 온몸에 독이 퍼진 걸까? 겨우 정신이 돌아온 영기는 양심수에게 조용히 말을 걸었다.

"이봐. 양심수. 내가 새 사람이 될 수 있을까? 난 사람을 죽인 살인자란 말이지. 내 손에 피가 묻어 있다고. 나를 망가뜨린 새엄마란 년 절대 용서할 수 없어."

양심수가 말했다.

"네 손에서 그만 총 내려놔. 과거 떠나보내. 그래야 그 고리에서 자유할 수 있어. 원망과 미움에 갇혀 결국 네 자신이 갉아 먹힌다고."

영기의 일그러진 얼굴이 유리벽을 타고 내리쬐는 햇빛에 반사되어 음영이 졌다. 증오로 가득 찼던 영기의 살기어린 눈빛이 아주 잠깐 흔들렸다.

"난 살인자야."

양심수가 그윽한 눈빛으로 영기를 바라보았다.

"마음속 깊은 어둠까지도 몰아내줄 수 있는 유일한 존재. 전능자의 손길은 능치 못함이 없다는 걸 난 깨달았지. 창조주는 순수한 아이의 모습으로 너와 나를 되돌려 놓을 수 있어. 순결하고 깨끗했던 처음 그 순간으로."

영기는 두 눈을 감았다. 영기의 눈가가 축축해졌다. 볼을 타고 주르륵 굵은 눈물이 흘러내렸다. 영기의 어깨가 들썩였다.

"난 엄마 젖도 먹지 못하고 컸어. 나를 낳자마자 친어머니는 한 달 만에 돌아가셨으니까. 순수한 아이 모습? 그게 뭔데? 친어머니를 죽인 살모사가 나야. 환영에 시달리고 꿈도 자주 꾸었지. 눈 감으면 내 머리 정수리에 살모사가 살고 있었다고."

"넌 장시간 나쁜 기억의 감옥에 갇혀버린 거야. 친어머니가 돌아가신 건 네 잘못이 아니야. 너를 끊임없이 고문하는 어둔 기억 다 끊어내."

영기의 목울대가 심하게 움직였다. 한번 터진 울음은 쉽게 가라앉지 않았다. 영기가 꺼이꺼이 울면서 한 음절 한 음절 힘겹게 토해냈다.

"이봐. 난 친어머니도 죽였고 새엄마도 죽였지. 나 같은 살인자가 어떻게 밝은 빛을 볼 수 있겠느냐 말이야."

양심수가 영기의 어깨에 가만히 손을 얹었다.

"신의 은총의 빛은 살인자도 강도도 회개하면 다 품어 주시지."

공허한 표정을 지으며 영기가 입을 열었다.

"새로운 꿈 꿀 수 있을까?"

양심수의 얼굴에 생기가 돌았다. 양심수는 발그레한 얼굴로 영기를 바라보았다.

"마음의 감옥에서 나올 수만 있다면. 원망과 분노 끌어안고 있으면 썩은내만 나지. 영혼을 갉아먹는 좀비처럼."

"난 미움 받을 수밖에 없어."

양심수의 얼굴에서 신의 미소가 보였다. 양심수가 영기에게 말했다.

"심판대 앞에 섰을 때 사랑만이 남는다는 사실 기억해."

양심수는 손에 작은 십자가를 움켜쥐고 천천히 노래를 불렀다. 원형감옥 안 양심수에게서 흘러나오는 청아하고 깊은 울림이 천상의 소리처럼 공기를 가르며 사방으로 퍼져나갔다. 한 조각 빛이 원형감옥 안에 선명하게 스며들었다. 그 빛은 질식할 것 같은 음산한 감옥 안에 점차 퍼져나가더니 양심수를 통과하여 영기의 온 몸을 비추었다. 영기는 그 빛이 너무도 강렬하여 자신도 모르게 땅에 엎어졌다. 영기는 양심수의 부축을 받으며 벽을 잡고 간신히 일어섰다. 빛의 일렁임이 영기를 포근히 감쌌다.

둘이 한 몸처럼 밀착되었음에도 감시탑의 신체 감지센서가 강렬한 빛의 파동에 오작동을 일으켰는지 더 이상 요란한 신호음 소리가 들리지 않았다. ✶

아홉 개의 풍선

나는 깊은 잠에 빠진 회주의 머리를 한 번 쓰다듬었다. 인생이 진저리 쳐질 때가 한두 번이
아니었다. 그래도 살아냈다.

"할머니는 방안에 백자 항아리를 하나 두고 살았지. 견디기 힘들 땐 항아리에 편지를 써서
차곡차곡 담아두었어."

나는 십 년에 한번 씩 누렇게 빛바랜 편지들을 항아리에서 꺼냈다. 원망과 비통이 담긴 누
런 편지들을 아침 햇살에 비추며 짓눌린 마음을 떠오르는 태양과 불어오는 바람결에 씻어
냈다.

아홉 개의 풍선

그것은 끝끝내 나오지 않았다.

"분명 경대 서랍 안에 두었는데."

영정사진으로 쓰려고 고이 간직해뒀는데 어디 갔는지 영 보이지 않았다. 몇 년 전 찍어놓았던 사진이었다. 이 방 저 방 서랍을 다 뒤져봐도 없었다. 한숨도 못 자고 밤을 꼬박 새운 나는 아파트 아래층에 사는 딸 주영에게 아침 일찍 전화했다.

"네가 방 정리하면서 내 사진 치웠니? 분명 경대 서랍 안에 두었는데."

"엄마 사진 안 치웠는데?"

딸은 한잠도 못 잤다는 내 걱정을 했다.

"엄마. 사진관에 원본 파일 있어. 다시 뽑아 올게. 걱정 마시고 좀 주무세요."

죽음 자리를 준비할 나이가 한참 지나다 보니 언제부터인지 주변을 정리하는 습관이 생겼다. 한 해 한 해 몸의 기운이 빠지고 피부에는 검버섯이 피어났다. '열흘 붉은 꽃 없다더니' 혼자 중얼거리며 서글픈 생각이 들었다. 며칠 전 손녀 희주가 할머니 생일이라며 색색의 풍선 아홉 개를 사와 안방 천정에 띄워 놓았다.

"할머니, 오늘은 할머니랑 잘 거예요. 할머니 살아온 이야기해주세요."

손녀 희주는 메마른 장작개비처럼 앙상한 내 품을 파고들었다. 핏덩이일 때부터 내 손에서 큰 희주는 제 엄마보다 나를 더 좋아했다.

"할미 이야기 뭔 재미가 있다구? 듣고 싶다면 해주마."

천정에 떠있는 아홉 개 풍선을 보니 지나온 세월이 주마등같이 뇌리를 스쳐지나갔다.

"열아홉에 시집와 첫 아이를 낳았지. 한창 토실토실 잘 크던 아이는 첫 생일을 앞두고 있었어. 그해 추운 겨울 밤 아이는 열이 펄펄 끓더구나. 몇 번이나 경기로 까무러쳤지. 할미는 정신이 하나도 없었단다."

함박눈이 쏟아지던 그 밤 나는 아이를 등에 업고 10리가 넘는 면소재지까지 걸어갔다. 시골 촌구석엔 의원도 없었다. 마을 한 모퉁이 오래된 한약방이 덩그러니 하나 있었다. 나는 숨을 헐떡거리며 문을 두드렸다. 잠자고 있던 한약방 의원이 대충 옷을 걸쳐 입고 나왔다.

"아이 좀 봐주세요."

아이에게 응급침을 맞히고 약을 지어 돌아오는 길, 칠흑같이 어두운 밤길을 헤치며 정신없이 집으로 향했다. 등에 업힌 아이는 포대기 안에서 힘없이 몸이 축 늘어졌다. 불덩이 같았던 아이의 몸이 차갑게 식어가고 있었다. 나는 온몸이 덜덜 떨렸다. 죽은 아이를 업고 꿈인지 생시인지 분간이 안 가는 발걸음으로 집에 도착한 나는 아이를 내려놓고 한나절을 까무러쳐 있었다.

그날 해질 무렵 남편과 나는 뒷산 중턱 눈이 쌓여 얼어붙은 땅을 파고 작은 구덩이에 아이를 묻었다. 그 위에 돌무덤을 쌓아 봉분을 만들었다. 어둠과 죽음의 그늘이 첫 아이에게 찾아온 날, 내 마음엔 커다란 구멍이 났다.

"희주야. 할미는 첫 아이를 그렇게 하늘로 보내고 작은 일에도 깜짝 깜짝 놀라는 병이 생겼어. 네 할아버지의 위로로 겨우겨우 슬픔을 가라앉혔지. 그 후 두세 해 터울로 아들 딸 자식 낳고 살다보니 또 그럭저럭 세월 흐르더라."

희주는 내 옆에 누워 눈에 눈물이 맺힌 채 가만히 듣고 있었다.

나는 중얼중얼 옛날이야기를 이어갔다.

　가을걷이가 끝나고 들판의 누런 벼 이삭 논들은 하나둘 자취를 감추고 있었다. 늦가을의 쌀쌀함이 제법 감도는 날이었다. 저녁을 먹고 피곤하다며 일찍 잠자리에 든 남편은 아침 해가 떠도 일어나지 않았다.

　"여보 일어나지 않고 뭐해요? 해가 중천에 뜨겠어."

　나는 남편이 자고 있는 방을 향해 목청껏 소리를 질렀다. 전날 남편이 도끼로 잘 패어 놓은 마른 장작나무로 군불을 때서 가마솥에 밥을 했다. 나는 부뚜막을 대충 행주질했다.

　내가 목청껏 불러도 남편은 아무런 기척이 없었다. 댓돌 위에 신발을 벗고 나는 안방으로 들어갔다. 남편의 어깨를 흔들었다. 몸이 차가웠다. 나는 남편의 코에 손을 가져다댔다. 냉기가 돌았다. 남편의 얼굴을 만지는 손이 부들부들 떨렸다. 남편은 숨을 쉬지 않았다. 나는 혼미해지는 정신을 겨우 가다듬고 마당을 가로질러 담벼락을 사이에 두고 이웃한 오촌 당숙 집으로 신발이 벗어지는 줄도 모르고 뛰었다.

　"당숙 아저씨. 애들 아버지가 숨을 쉬지 않아요. 얼른 와서, 얼른……."

　당숙은 아침밥 한 수저 떠서 입으로 가져가다 말고 넋이 나가 외

치는 나를 따라 버선발로 나섰다. 차가운 남편의 몸을 마주한 당숙
은 당혹한 얼굴이었다.

"어제까지 멀쩡하던 양반이 왜?"

나는 반쯤 넋이 나갔다.

"어쩜 좋아요."

"일단 경찰에 신고부터 하고요. 갑자기 죽었으니 심장마비인지
지병이 있었는지 병원으로 옮겨서 검사절차를 밟아야 되지 않겠어
요?"

남편은 깊은 잠에 빠진 사람처럼 평온했다. 경찰이 왔다 갔고 시
신의 사인을 위해 부검이 결정되었다.

"마른하늘에 날벼락도 유분수지. 이게 무슨 일이래요?"

동네 사람들은 집 마당으로 들어서서 수군거렸다. 남편의 장례를
치루는 삼일 내내 나는 식음을 전폐했다. 부검결과 사인은 심장마
비라고 했다. 장례를 돕는 동네 사람들이 남편의 시신에 수의를 입
히고 이불로 싸서 염포로 단단히 묶었다. 관 속에 누운 남편은 목
석같았다. 큰아들은 열여덟, 작은 아들은 열여섯, 막내딸 주영은
열 세 살이었다.

"아이들을 봐서라도 마음 단단히 먹어야 합니다."

당숙이 장례 내내 옆에서 거들며 위로의 말을 건네었으나 내 귀
에는 하나도 들리지 않았다. 마을 사람들은 꽃상여를 만들어 관에

없었다. 동네 한가운데 당산제를 지내는 커다란 나무가 있었다. 그 나무를 한 바퀴 돌고 상여꾼들은 꽃상여를 메고 야트막한 선산으로 향했다. 풀섶을 헤치고 나가다 보니 산 중턱에 첫아이를 묻었던 작은 돌무덤이 보였다. 나는 발걸음이 떨어지지 않았다. 선산의 산봉우리에는 시어른들의 무덤이 있었다. 그 옆에 남편이 묻힐 구덩이가 파여 있었다. 구덩이 앞에 다다르자 붉은 황토가 축축하게 두 발에 휘감겨 왔다. 남편의 관이 내려가고 큰아들부터 막내딸까지 한 삽 두 삽 흙을 떠 관 위에 던졌다. 남편의 무덤에 뗏장이 덮였고 봉분이 만들어졌다. 그제야 나는 남편의 죽음이 실감이 났다. 옆에 서 있던 당숙의 말이 아득하게 들렸다.

"산 사람은 살아요. 아주머니 정신 줄 잘 붙드세요."

남편의 장례 후 정신없는 며칠이 지나갔다. 아이들이 곁에 없었다면 동네 빨래터 우물에 빠져 죽었을지도 모를 일이었다. 하지만 슬퍼할 겨를도 없었다. 나는 아이들을 봐서라도 정신을 차려야했다. 나는 커다란 소쿠리에 사과를 담아 머리에 이고 이 동네 저 동네 다니며 과일 장사를 시작했다. 남의 집 농사일도 틈나는 대로 거들었다. 몸이 부서져라 일을 하니 잡념 들 시간이 없어 좋았다. 점점 손이 나무가죽처럼 거칠어졌다. 나는 견디기 힘든 날이면 남편과 자식을 묻은 산소에 가서 무심히 앉아 봉분을 바라보았다.

"살아 있을 땐 몰랐는데 당신 빈자리가 이렇게 크네. 남아있는 저 아이들 나 혼자 어떻게 키우지? 나에게 힘을 좀 줘."

무덤가엔 세월 무상하게 작년에 피었던 진달래 무더기가 어느 새 소담스레 피어나 있었다.

농사일은 동네 남자들이 많이 거들어주었다. 이웃집에 사는 남자가 나에게 끈끈한 눈길을 보내기도 했으나 나는 모른 척 외면했다. 하얀 눈이 내리는 겨울이었다. 아이들은 학교에 가고 나 혼자 늦은 점심을 먹고 안방에서 바느질을 하던 차였다.

"아주머니 계셔요?"

이웃집 남자였다.

"무슨 일이시래요?"

나는 겸연쩍어 하며 방안에서 물었다.

"의논할 게 있어 왔어요. 잠깐 들어가도 될까요?"

나는 방문을 열고 마당에 서 있는 남자를 내다보았다. 남자는 성큼 툇마루로 올라서더니 방으로 들어왔다.

"오늘은 꼭 할 말이 있어요."

나를 바라보는 남자의 눈이 붉게 충혈돼 있었다.

"눈치 챘는지 모르지만 진작부터 아주머니를 마음에 두고 있어요."

일순간 남자는 두 팔로 나를 끌어안았다. 화들짝 놀란 나는 남자를 뿌리치려 했으나 남자의 완력을 당해낼 재간이 없었다. 나는 힘을 다해 남자를 떼어냈다. 온몸이 덜덜 떨렸다.

"뭐하는 거예요?"

남자가 우악스러운 팔로 나를 다시 끌어안았다. 남편 없는 설움을 이렇게 당하다니 나는 죽고 싶었다. 나의 손이 이부자리 옆 반짇고리 함에 가까스로 닿았다. 나는 가위를 낚아챘다. 있는 힘껏 남자의 팔을 찔렀다. 남자가 외마디 비명을 지르며 뒤로 넘어졌다. 나는 피 묻은 가위를 단단히 쥐고 벌떡 일어섰다.

"당장 나가. 사람 잘못 봤어."

나의 눈에 살기가 어렸다. 남자는 파랗게 질린 얼굴로 팔을 움켜쥐며 일어섰다.

"독한 년. 어디 두고 보자."

남자는 한쪽 팔을 부여잡고 뒷걸음치더니 부리나케 방문을 열고 빠져나갔다. 어느 새 밖에 내리는 눈발은 눈보라로 변하여 바람 소리와 함께 창호지문을 두드리고 있었다. 간간이 싸리문 밖에서 개 짖는 소리가 들려왔다. 나는 털썩 주저앉았다. 이 수치와 모욕을 어찌할 것인가? 남편의 얼굴, 아이들 얼굴이 뇌리를 스쳤다. 나는 울부짖고 싶었다. 하지만 뺨을 타고 눈물만 흘러내릴 뿐 목소리가 나오지 않았다.

그일 이후 이웃집 남자는 작전을 바꾸었다. 애들하고 먹으라며 제 아내 모르게 쌀자루도 가져다 놓고 고구마니 콩이니 잡곡들도 마당에 놓고 갔다.

'내가 거지로 보여? 당장 가져가.'

외치고 사실을 까발리고 싶었지만 오히려 평지풍파만 일으킬 것 같았다. 이러고도 살아야 하나? 자존심 하나로 버텨온 세월이었다. 알 수 없는 무력감이 머리를 짓눌렀다.

남편의 기일이 돌아왔다. 나는 정성껏 제사상을 차려놓고 예를 올렸다. 제삿날이면 나는 큰아들의 손을 잡고 흐느꼈다. 제사음식을 치우고 나는 한 명 한 명 자식들 얼굴을 어루만졌다.

"내가 죽지 않고 사는 게 다 너희 삼남매 때문이야. 너희들이 잘 커야 내가 너희 아빠 앞에서 떳떳하다."

막내 딸 주영이 말했다.

"엄마 우리 도시로 이사 가자."

"그래. 그러자. 거기서 모두 힘을 모아 새롭게 출발해보자. 엄마가 몸이 쪼개지는 한이 있더라도 너희들 잘 키워낼 테니."

도시로 나온 나는 장터 한 모퉁이에 좌판을 열었다. 과일도매시장에서 과일을 떼어다 지나가는 사람들에게 팔았다. 노점상 과일가게는 과일이 좋다고 소문이 나면서 장사가 제법 되었다. 시장 바닥 한 모퉁이에서 과일을 팔던 나는 조그마한 점포를 얻어 희망상회라고 간판을 내걸었다. 단골들이 가게를 자주 찾았다.

삼남매 모두 성년이 되었다. 막내 딸 주영은 상업 고등학교를 나와 도시의 중심가 은행에 취직했다.

"엄마 첫 월급이야. 월급의 반은 저축했어. 나머지 돈은 엄마 생활비로 드려요. 엄마에게 용돈은 타 쓸게."

나는 무탈하게 잘 자라준 딸이 대견하고 자랑스러웠다. 여름 해가 길어 저녁시간이었는데도 밖은 밝았다. 나는 주영이 손을 맞잡고 산책을 나갔다. 모녀가 두런두런 이야기를 나누는 평온한 저녁 일상이 좋았다.

"엄마. 나 사귀는 사람 있어."

퇴근한 주영이 어느 한 날 나에게 말을 건넸다.

"정말이니? 한번 엄마에게도 소개시켜줘. 어떤 사람일지 궁금한데?"

"같은 직장 동료. 이름은 김철민. 마음도 착하고 성실해."

"사람은 사계절을 지나봐야 제대로 아는 법이야."

"그럼 겨울만 지나보면 되겠네."

"요 깜찍한 것. 벌써 몇 개월 감쪽같이 엄마를 속였네? 엄마가 집 밥 맛있게 해줄 테니 한번 데리고 와."

주영은 철민을 집으로 데려와 나에게 소개했다. 첫 대면에 서로 긴장했으나 철민은 특유의 친화력으로 나를 대했다. 철민에게서 풍기는 선한 기운에 나도 걱정을 한시름 놓았다. 특히 다정스레 주영을 바라보는 철민의 진심어린 눈빛이 맘에 들었다. 겨울이 지나고 해가 바뀌었다. 3월 말 그날따라 꽃샘추위가 극성을 부렸다. 그당시 딸 주영의 직장동료에게서 전해 들었던 이야기를 새삼 떠올리려니 지금도 나는 몸서리가 쳐진다.

철민은 월말 은행 업무를 마감하느라 늦게까지 일했다. 진눈깨비가 조금씩 내렸다. 늦은 밤 은행에서 나와 차를 몰고 동호대교를 지나 다리를 거의 건넜을 때였다. 중앙선을 넘어온 차가 철민의 차와 정면충돌했다. 차는 형체를 알아보기 어렵게 찌그러졌다. 철민은 운전석에서 정신을 잃고 쓰러졌다. 머리에서 많은 피를 흘리고 있던 철민을 출동한 구급차 대원들이 병원으로 옮기는 도중에 숨이 멎었다. 상대방은 만취 운전자라고 했다. 술에 취해 핸들을 지그재그로 꺾는 순간 차가 눈길에 미끄러지며 추돌사고가 일어났다. 철민은 머리를 크게 다쳐 치명상을 입은 것이었다.

밤새 진눈깨비는 눈으로 변했다. 때늦은 폭설이 내리고 있었다. 다음 날 출근한 주영은 은행 직원들의 암울한 표정에서 무언가 이상하다고 생각했지만 그런 엄청난 사건이 벌어졌으리라고는 상상도 못했다. 다만 철민의 책상이 비어 있는 것을 보며 왜 여태 출근 안했지? 한 번도 지각한 적 없는 사람인데? 하는 의아한 마음이 들었다.

직원들은 서로 몸을 웅크리며 눈짓을 했다. 누가 총대를 메고 이 사건을 주영에게 말할 것인가 결정 못한 것이었다. 은행 창문 밖으로 여전히 눈이 펑펑 내렸다. 직원 중 한 명이 조심스레 주영에게 다가왔다. 어쩔 줄 모르며 망설이던 직원은 주영을 창가로 데리고 갔다. 그리고 어젯밤 철민의 사고 소식을 주영에게 전했다. 순간 주영의 시간이 멈췄다. 사무실 여기 저기 웅성거리는 소리, 전화벨 소리, 은행 손님 맞을 준비 하느라 컴퓨터 부팅하는 직원들의 손놀림, 그 모든 소음들이 슬로모션으로 주영에게 다가왔다 사라졌다. 귓가에서 윙 하는 소리가 들렸다. 다리의 힘이 풀리며 주영은 정신을 잃었다. 깨어나 보니 은행 사무실 안쪽 소파였다. 직원 몇 명이 주영의 팔과 손을 주무르고 있었다.

어제와 똑같은 일상의 수면 아래 비극은 조용히 벌어지고 있었다. 이 가혹한 현실이 정말이란 말인가? 주영은 장례식장에서 철민의 영정사진을 마주하고도 실감이 나지 않았다. 망연자실한 주영은 눈물도 나오지 않았다.

퇴근하고 집에 들어서는 주영의 얼굴에 핏기가 하나도 없었다. 나는 깜짝 놀라 주영의 팔을 잡아끌었다.

"주영아. 너 왜 이리 창백해? 어디 아프니?"

넋 나간 듯 겨우 발걸음 떼고 들어오는 주영을 바라보며 나는 안절부절 했다. 주영은 그제야 주체할 수 없는 감정이 올라오는 듯 바닥에 두 무릎을 구부리고 눈물을 흘렸다.

"무슨 일이야? 주영아. 무슨 일 있었어? 왜 그래? 어?"

평소와 다른 주영의 태도에 나는 주영을 끌어안고 어쩔 줄 몰랐다. 나는 무슨 큰 일이 있음을 직감했다. 순간 머리끝이 쭈뼛 섰다. 주영에게 무슨 일이 일어난 것일까?

"엄마. 철민씨가 ……."

주영은 눈물과 콧물로 범벅이 된 얼굴로 엄마에게 뭔가 말하려 입을 달싹였다. 그러나 차마 말이 떨어지지 않는지 머리만 흔들 뿐이었다.

"철민이가 왜? 왜?"

나는 설마 하는 마음으로 다그쳐 물었다.

"철민씨가 만취 운전자에게 그만……."

철민씨가 사고로 '죽었어' 라고 한 음절씩 끊어서 뱉어내는 주영의 말이 겨우 들렸다. 나를 둘러싼 모든 세계가 흔들리고 있었다. 믿기지 않는 현실을 어떻게 받아 들여야 할지 나는 절망했다. 그해 둘을 결혼시키려 혼수품도 하나 둘 장만하고 있던 차였다. 나는 주영을 말없이 끌어안았다.

철민의 장례를 치르고 돌아오던 날, 나무들은 파릇파릇 봄의 싹

을 막 틔우고 있었다. 장례 이후 주영은 불면증에 시달렸다. 몇 날
며칠 뜬눈으로 밤을 지새우는 주영 곁에서 나도 같이 밤을 새웠다.
주영은 계속 악몽을 꾼다고 했다. 주영은 매번 식은땀을 줄줄 흘리
다 깨어났다.

"엄마. 몸이 안 좋아서 한 달 병가 냈어."

나는 그런 주영을 바라보자니 마음이 찢어졌다. 섣불리 주영을
설득하려 했다가는 모녀 사이가 어긋날 수 있었다. 주영은 방문을
걸어 잠그고 나오지 않았다. 차려주는 밥을 먹지 않고 굶은 지가
벌써 며칠 째였다. 딸 주영을 위해 된장찌개를 끓였다. 나물도 무
치고 주영이 좋아하는 강낭콩을 넣고 하얀 쌀밥을 맛있게 지었다.
그날은 억지로라도 먹이리라 다짐했다. 다시 밥상을 차려 주영의
방문을 두드렸다.

"주영아 밥 먹자. 이럴 때일수록 잘 먹어야 한다. 안 챙겨 먹으니
말라깽이 네 몸이 두고 볼 수가 없어."

방안에서는 아무런 기척이 없었다. 갑자기 가슴이 두근거렸다.
열쇠를 가져와 겨우 방문을 따고 들어갔다. 주영은 미동도 없이 눈
을 감고 얼굴을 바닥에 대고 엎어져 있었다. 나는 주영의 몸을 흔
들었다.

"주영아 정신 차려."

주영이 서서히 몸과 마음을 추스렸다.

밥을 맛있게 지었다. 밥상을 앞에 두고 된장찌개를 한 숟가락 뜨려던 주영이 구역질을 했다. 나의 눈이 휘둥그레졌다. 주영이 수저를 상에 탁 올려놓더니 차분히 가라앉은 목소리로 말했다.

"엄마 이 아기 절대 포기 못해."

나는 당혹감을 감추지 못했다.

"언제 알았니?"

주영의 눈에서 이내 굵은 눈물방울이 뚝뚝 떨어졌다.

"며칠 전에. 철민씨가 외롭지 말라고 나에게 선물처럼 주고 간 거야."

"정신 똑바로 차려. 어쩌려고 그래."

내 눈에 주영은 실성한 사람 같았다.

"엄마 내가 수치스러워?"

나는 갑자기 닥친 이 현실을 인정하고 싶지 않았다.

"주영아 잘 생각해봐. 미혼모로 살아가야하는 거야. 이게 그냥 어물쩍 넘어갈 수 있는 일이니? 네 일생이 달렸어."

"어떻게 해서라도 키울 거야."

주영은 때때로 무기력했고 슬퍼보였다. 혼이 다 빠져나간 듯 멍한 표정을 짓고 있을 때가 많았다. 그러다가도 어디서 힘이 나는지 모성의 본능인지 음식을 우걱우걱 먹었다.

나는 울화병이 생겼다. 모든 것을 받아들이고 순응하기까지는 시

정기옥 소설

간이 걸렸다. 주영이 자신의 미래를 위해서도 제 엄마와 가족을 생각해서라도 다른 선택을 해주길 원했다. 하지만 끝내 주영의 고집을 꺾지 못했다.

어스름한 어느 저녁, 상가 2층 작은 교회의 십자가가 내 눈에 들어왔다. 나는 끌리듯 교회로 발걸음을 향했다. 교회 예배당 뒷자리 의자에 앉아 두 손을 모았다. 갑자기 불어 닥친 인생의 파도 앞에 어느 정도의 경지에 다다라야 마음의 평안을 찾을 수 있는지 십자가를 볼 때마다 끊임없는 고뇌의 기도를 입속으로 되뇌었다. 주영이가 내 십자가인지 주영이 뱃속의 아이가 십자가인지 충분히 무겁고 운명적인 십자가를 어떻게 짊어지고 가야 할지 나는 생각했다. 기도할수록 점차로 요동하던 마음이 누그러졌고 안정이 되었다.

산부인과 병동 창밖으로 함박눈이 펑펑 내렸다. 산고의 고통이 끝나고 아기 울음소리가 들렸다. 여자아이였다. 예쁘장하게 생긴 양쪽 귀와 짙은 눈썹이 철민을 쏙 빼닮았다. 주영의 눈에서 눈물이 주르르 흘렀다. 나는 주영의 머리를 가만히 쓰다듬었다. 그해 12월은 매일 눈이 내렸다. 나는 눈 내리는 창밖을 내다보다 아기를 안고 누워 있는 주영을 향해 중얼거렸다.

"눈이 녹으면 땅이 드러나게 되어있어. 햇볕이 들면 질퍽한 땅도

부들부들 마른 땅이 될 테고."

기도하는 세월 따라 나의 입가에도 어느덧 주름이 하나둘 늘어갔다.

나는 숙녀가 된 손녀 희주가 왜 미혼모 제 엄마의 얘기를 내게서 듣고 싶어 하는지 알 것 같았다.

"그래, 희주야. 할미가 구십 평생 살아보니 뜻대로 안되는 게 인생이더라. 할머니랑 엄마는 한 몸처럼 서로 의지하며 여기까지 왔어."

나는 깊은 잠에 빠진 희주의 머리를 한 번 쓰다듬었다. 인생이 진저리쳐질 때가 한두 번이 아니었다. 그래도 살아냈다.

"할머니는 방안에 백자 항아리를 하나 두고 살았지. 견디기 힘들 땐 항아리에 편지를 써서 차곡차곡 담아두었어."

나는 십 년에 한번 씩 누렇게 빛바랜 편지들을 항아리에서 꺼냈다. 원망과 비통이 담긴 누런 편지들을 아침 햇살에 비추며 짓눌린 마음을 떠오르는 태양과 불어오는 바람결에 씻어냈다.

"희주도 이렇게 잘 커서 할머니 옆에 꼭 붙어 있으니 더 바랄 나위 없구나. 고통으로부터 살아남아 인생을 배울 수 있었단다."

손녀 희주가 내 방에 달아놓은 풍선이 생일 지나 이튿날 아침까지는 바람이 빵빵해서 볼만하더니 하나 둘 쭈그러들기 시작했다. 나는 침대에 누워 바람 빠져 축 늘어진 풍선을 물끄러미 바라보다 몸을 오른쪽으로 반쯤 돌렸다. 손을 뻗어 머리맡 벽에 붙어있는 회색 빛깔 쭈그러진 풍선을 하나 떼었다. 뭔가 딱딱한 게 만져졌다. 나는 찬찬히 풍선을 뒤집어 보았다. 풍선 안에 손녀의 쪽지가 들어 있었다.

'할머니. 풍선과 함께 지난 슬픔 하늘로 날려 보내요. 이제부턴 행복한 날만 맞으세요. 그렇게 희주가 기도드릴게요. 풍선이 쭈그러들면 또 풍선을 불어서 할머니 방에 매일 붙여 놓을 거예요.'

밤사이 눈이 내렸다. 겨울 아침 햇살이 내 방 창가로 슬며시 스며들어왔다. 나는 침대에서 몸을 일으켰다. 다리가 천근만근이었다. 이젠 한 발짝 떼기도 겁났다. 비척비척 쓰러지려는 몸을 지탱하기 위해 침대 모서리를 잡고 일어섰다.

손녀 희주가 어느새 또 새 풍선을 불어 놓았는지 방안의 아홉 개의 풍선이 형형색색으로 아름다웠다. ✱

에셀나무 아래에서

불을 끄면 묵직한 어둠이 나를 짓누른다. 캄캄한 무중력 진공상태에 내 몸이 붕 떠 있다.
천정이 머리 위로 와르르 무너져 내린다. 육중한 시멘트 더미가 끝도 없이 내 어깨 위로 쏟
아진다. 나는 신의 저주를 받은 것일까? 귓가에선 알 수 없는 소리의 파열음이 들린다. 희
미하게 속삭이는 울림이 환청 같기도 하고 메아리 같기도 하다. 매일 반복되는 검은 아침
이 싫다. 이대로 영원히 눈을 감았으면.

에셀나무 아래에서

버스에서 내려 마포대교를 향해 걸었다. 검푸르게 일렁이는 한강의 물결이 수많은 사연을 감춘 채 묵묵하게 흐르고 있었다. 깊은 밤의 차가운 기운이 뺨을 스치고 지났다. 나는 이미 취한 상태였는지라 정신이 몽롱했다. 드문드문 차들이 지나갔다. 나는 난간에 기대어 서서 가지고 온 소주를 물마시듯 벌컥 들이켰다. 강물 아래를 빤히 응시했다. 허리를 꺾어 회색지대를 뛰어 넘었다. 그렇게 나는 캄캄한 어둠 속으로 떨어졌다. 찰나 누군가 내 목덜미를 낚아챘다. 남자의 우악스런 손이 느껴졌고 곧이어 사람들의 웅성거리는 소리가 귓가에서 윙윙거리다 사라졌다. 눈을 떠보니 경찰서였다. 경찰의 말에 의하면 나를 구한 사람은 지나가던 차에서 뛰어온 남자라고 했다. 경찰의 연락을 받고 달려온 아버지가 굳은 표정으로 내 눈앞에 서 있었다.

정기옥 소설

"도대체 또 술을 얼마나 퍼 마신거야?"

대학을 졸업한 지도 수년 째였다. 졸업 후 여러 군데 회사에 입사 지원서를 냈지만 면접을 보는 족족 떨어졌다. 스카이 대학을 나온 친구들도 백수가 수두룩한 처지에 나 같은 지방 대학 인문계출신은 취업의 문이 낙타가 바늘구멍 들어가는 것보다 더 힘들었다. 작은 회사에 턱걸이로 입사해서 겨우 계약직으로 6개월 근무하고 잘렸다. 마음에 보이지 않는 흉터가 차곡차곡 쌓여갔다. 그 이후로도 이력서를 수십 장 썼다. 나는 지치지 않고 가속페달을 밟으려 애썼고 멈추지 않고 달리려 했다. 그때마다 온몸에 식은땀이 축축하게 흘러내렸다. 어느 날부터 더 이상 이력서를 쓰지 않았다.

무직자로 집에만 틀어박혀 있으니 엄마 눈치가 보였다. 매번 구직 사이트를 뒤졌다. 나는 집 근처에서 시간제 아르바이트라도 해야겠다고 마음먹었다. 면접에서 몇 번 더 고배를 마신 후 처음 찾아간 곳은 PC방이었다. PC방에서 제법 적응해서 일하던 어느 날이었다. 손님으로 온 내 또래 게임에 빠진 놈들이 게임한 자리를 과자부스러기로 어지럽혀놓고 치우지도 않고 일어섰다. 어떤 놈은 라면 국물을 엎지르고 당연하다는 듯 나에게 치우라고 말한다. 그 자식들과 대판 싸운 후 나는 PC방 알바자리에서 바로 잘렸다. 그 다음 간 곳은 물류창고 알바였다. 거대한 컨테이너 창고 안은 햇빛

한 줌 들지 않았다. 쉬는 시간은 단 두 번 10분씩 교대로 쉬었다. 잠시도 앉을 수 없었다. 다섯 달 일하고 나는 허리 디스크에 걸렸다.

그 후로 나는 방구석에만 틀어박혀 있는 중이다. 세상 나가기가 점점 더 싫어진다. 나는 밖으로 난 창문마다 꼭꼭 걸어 잠갔다. 대인기피증이 생겼다. 사람 만나는 게 두렵다. 눈뜨면 마주하고 싶지 않은 막막한 현실, 매사 의욕이 사라진 지 오래다. 지겨운 엄마 잔소리가 문틈너머 들려온다.

"범준아. 너 언제까지 그러고 있을 거야? 뭐라도 해봐야지."

외부와 차단된 세계, 네 평 남짓한 방. 컴퓨터 앞과 침대가 유일한 내 공간이다. '더 이상 애쓰고 싶지 않아.' 나는 귀를 틀어막고 속으로 외치며 비로소 자유를 느낀다. 여덟 시간이 넘게 게임을 했더니 배가 고프다. 나는 배달음식을 시킨다. 종일 게임을 하면서 치킨, 피자, 콜라, 햄버거와 중국집 음식을 컴퓨터 앞에서 먹는다. 먹고 또 먹어도 배가 고프다. 백수가 되고 점점 체중이 불었다. 먹는 대로 살이 찌다보니 심장도 불규칙적으로 뛴다. 어느 땐 박동이 멎는 듯하다. 그러다 다시 용솟음치듯 펄떡거린다. 이러다 심장이 영영 멈추는 건 아닐까? 견딜 수 없는 불안감이 극도에 달해 공포증에 휩싸인다.

엄마도 잠을 자는지 어느 새 거실에 텔레비전 소리가 잦아들었고

정기옥 소설

사방이 고요하다. 창밖을 보니 캄캄하다. 외출을 거의 하지 않으니 좀비가 된 기분이다.

화장실을 가려고 일어섰다. 어지러웠다. 간신히 벽을 짚고 섰다. 발밑에 뭔가가 툭 걸린다. 지난 번 엄마가 책상 위에 올려놓고 간 파일을 문 쪽으로 냅다 집어 던졌던 생각이 난다. 볼일을 본 나는 다시 방으로 들어와 컴퓨터 앞에 앉아 검색어를 써 넣는다. 자살……. 조금씩 투자하던 주식과 암호화폐도 바닥을 치고 있다. 빵 한 쪼가리 먹기 위해 살아내야 하는 인생. 내 등 뒤로 보이지 않는 손가락질, 가족들의 차가운 시선. 넌 아무 짝에도 쓸모없는 놈이야. 나는 살 가치가 없다. 가장 고통 없이 갈 수 있는 방법이 무얼까? 골몰하여 자살계획을 세우다 침대에 누웠다.

불을 끄면 묵직한 어둠이 나를 짓누른다. 캄캄한 무중력 진공상태 내 몸이 붕 떠 있다. 천정이 머리 위로 와르르 무너져 내린다. 육중한 시멘트 더미가 끝도 없이 내 어깨 위로 쏟아진다. 나는 신의 저주를 받은 것일까? 귓가에선 알 수 없는 소리의 파열음이 들린다. 희미하게 속삭이는 울림이 환청 같기도 하고 메아리 같기도 하다. 매일 반복되는 검은 아침이 싫다. 이대로 영원히 눈을 감았으면.

창문 너머로 들어오는 햇살에 눈이 저절로 떠졌다. 쏟아져 들어온 강렬한 빛에 눈이 부셔 고개를 돌렸다. 주섬주섬 핸드폰 시계를 들여다보니 낮 1시. 해가 중천에 떠 있다. 몸을 일으켜 세우는 순간 머리맡에 놓여있던 파일 철이 내 팔에 툭하고 걸린다. 어머니 글씨로 포스트 잇 메모지가 붙어있다. '이 파일 열어봐' 꼭 들춰보라는 짤막한 문장이다. 내가 잠자는 사이 들어와 어느 새 올려놓고 갔다고 생각하니 짜증이 확 밀려온다. 매번 귀에 못이 박히도록 들었던 할아버지의 인생역전 이야기. 그 옛날이야기이다. 신문에 났었던 우리 집 가보인 듯 파일 철에 곱게 스크랩된 할아버지의 신문기사이다.

그 시절 젊은 청년이었던 할아버지 얼굴이 큼지막하게 낡은 신문 속 한쪽 면을 차지하고 있다. 어머니의 성화에 짜증이 나면서도 나도 모르게 손이 간다. 들춰본 파일 내용은 이렇다.

《○○일보》조간신문 1978년 ○월 ○일.

어린 나이에 중국집 사환을 거쳐 엿장수 일을 한 젊은 청년은 거기에 굴하지 않고 사우디아라비아 건설현장에서 5년 동안 일하고 돌아왔다. 그는 귀국하여 국내에서 제법 큰 엿 공장을 인수하여 전통식품 엿 사업에 성공했다. 특히 그가 만드는 수제 쌀엿은 전통의 맛을 그대로 살려 고객의 발길이 끊이지 않는다. 전통식품 명인인 그는 매해 연말이 되면 대학교 열 군데에 장학금을 보낸다. 한편 매달 한 번씩 각설이 품바 복장으로 변신하여 엿 수레를 끌고 명동

거리로 직접 엿을 팔러 다닌다.'

정말 고리타분하기 짝이 없는 구닥다리 신화 같은 이야기다. 나
는 다시 잠속으로 빠져들었다.

알람이 울렸다. 핸드폰으로 손을 뻗었다. 얼마나 잠이 들었던 거
지? 나는 부스스한 머리를 손가락으로 쓸어 넘겼다. 어스름한 저
녁 오랜만에 집 밖으로 나왔다. 지하철을 탔다. 퇴근하는 사람들이
이렇게 많았던가? 급행으로 달려가는 속도감에 멀미가 났다. 나는
손잡이에 매달려 흔들리는 몸을 간신히 지탱했다. 시내 중심가 포
장마차에서 대학시절 어울려 지내던 친구들을 오랜만에 만나기로
했던 터였다. 친구들은 이미 도착해있었다.

"너 왜 이리 살쪘냐? 몰라보겠다."

대학 내내 원룸에서 함께 자취했던 준우가 내게 술잔을 건네며
먼저 입을 열었다.

"야, 얼마만이냐?"

"학교 졸업하고 4년 만인가? 우리 친하긴 한 거냐?"

나는 술잔을 기울이며 주거니 받거니 했다. 준우가 친구들을 휙
둘러보더니 밑도 끝도 없이 내뱉는다.

"우린 언제 육각형 남자가 될 거 같니?"

"다짜고짜 웬 육각형? 육각형 남자?"

"이런 무식쟁이들. 요즘 육각형 남자가 대세인거 몰라? 육각형 남자가 아니면 결혼도 포기해야 할 시대가 왔어. 카카오톡 대화 방에 띄워 줄 테니 다들 읽어봐."

〈육각형 남자의 조건〉
1) 키 : 180이상, 최소 176이상. 뚱뚱하거나 마르지 않은 체격.
2) 외모 : 적당히 훈훈하며 데리고 다니기 부끄럽지 않아야함. 잘생기진 않아도 호감형 외모.
3) 직업 : 대기업, 공기업, 공무원 등 안정적 직장에 연봉 6천 이상.
4) 성격 : 술. 담배 안하고 모나지 않고 자상하고 둥글둥글한 집돌이 성격.
5) 자산 : 결혼자금 일정이상 마련가능(전세 집 정도는 가능해야함.) 부모지원 포함 2억, 3억대 자산.
6) 부모님 : 부모님 노후대비 문제없고 화목한 가정.
7) 학력 : 인 서울, 지방거점국립대 이상.
8) 기타 : 종교 일치.

친구 현수가 큰 목소리로 읽었다.
"야. 재수 없어. 술맛 떨어진다."

정기옥 소설

현수는 청년 실신시대라 자조 섞인 농담을 했다.

"난 좋은 직장에 취업할 거란 꿈도 기대도 버린 지 오래다. 군대를 다녀와도 좀 괜찮은 직장에 취업하기가 하늘의 별따기다. 너희들 인구론이라고 들어 보았냐?"

준우가 되물었다.

"그건 또 무슨 신조어냐? 인구론? 인구에 대해 연구하는 학문이냐?"

"인문계 구십 프로가 논다는 뜻이야. 청년 실신시대는 알고 인구론은 몰랐구나? 청년 실업자, 청년 신용불량자를 줄여서 청년 실신시대라며?"

친구 용준이도 대화에 끼어들었다.

"그러게. 우린 참으로 불행한 세대야! 요즘은 이태백이 늘어난다더라?"

"그건 또 무슨 말이야?"

"이십대 태반이 백수라는 뜻이다. 이 태백. 우리 모두 이태백이 되었구나!"

한숨이 절로 나온다. 필시 시대를 잘못 타고난 탓이다.

"선배들은 오포세대를 겪었는데 우리들은 칠포세대를 살고 있으니 젊은 청춘이 참 한심하다. 한심해. 연애, 결혼, 출산, 인간관계, 집, 꿈, 희망 포기."

나도 한마디 더 거들었다.

"이젠 구포세대야. 건강과 외모도 포기. 나처럼 방구석에만 있어
봐라."

시계가 밤 12시를 향해 가고 있었다. 술이 거하게 취한 나는 친
구들과 헤어져 마지막 지하철을 타고 꾸벅꾸벅 졸면서 집에 와 내
방 침대에 바로 쓰러졌다. 아버지가 방문을 거칠게 열고 들어오더
니 버럭 소리를 질렀다.

"너 이 자식. 밤 인간이냐. 낮 인간이냐!"

혀가 꼬부라져서 발음이 새어 나온다.

"나도 몰라요. 밤 인간. 낮 인간. 인조인간인가?"

"젊은 놈이 패기도 찾아볼 수 없고 맨날 방구석에 쳐박혀 게임이
나 하고 술이나 쳐먹고 다니고 사람새끼 맞아?"

내 눈앞에 서 있는 저 인간이 아버지인지 괴물인지 벌레인지 도
통 분간이 가지 않는다. 나는 벽에 이마를 박으며 소리를 질렀다.

"그래. 나는 벌레다. 식충이다. 어쩔래!"

순간 아버지의 얼굴이 하얗게 질렸다. 눈앞에서 불이 번쩍했다.
뺨이 얼얼했다.

"이런 후레자식이 있나. 당장 나가. 아들이라고 하나 있는 것이
친척들 창피해서 원."

어느새 엄마가 와서 아버지를 뜯어 말리고 있었다.

"여보. 그만해. 술 취한 애를 하필. 왜 건드려. 정신 말짱할 때 얘기해."

"그래. 내가 없어지면 그만이지. 나도 내가 싫다고."

아버지의 멍한 표정이 보인다. 이것은 가상세계일까? 현실세계일까? 머리가 깨질 듯이 아프다. 나는 폐허가 된 세상을 탈출하고 싶다. 그 길로 다시 집을 박차고 나와서 휴대폰으로 버스도착 정보를 확인한 후 마포대교로 향했다.

그날 마포대교 사건 이후 가족 누구도 더 이상 나에게 아무 말도 하지 않았다. 내 뺨을 때렸던 아버지의 손은 힘없이 늘어져 있었다. 나는 들쥐처럼 숨어서 내 방에서 한 발자국도 밖으로 나가지 않았다. 밀폐된 공간에서 비계덩어리 같은 존재로 살아 숨 쉬고 있다는 것은 끔찍한 슬픔이었다.

"뭐하니. 범준아. 얼른 나와 봐!"

어머니가 부르는 소리에 나는 눈을 떴다. 창밖엔 비가 오고 있다.

"얼른 나와. 할아버지 오셨어!"

나는 눈을 비비고 일어나 현관 쪽으로 향했다. 할아버지가 문 입구에 서서 젖은 우산을 털어 비스듬히 세우고 있었다. 오랜만에 들른 걸 보니 할아버지와 어머니 사이에 무슨 이야기가 오고 갔나보다. 어머니는 할아버지가 좋아하는 갈치구이와 된장찌개로 저녁밥을 준비했다. 저녁을 먹는 동안 할아버지는 말이 없었다. 창밖으로 빗소리가 잦아드는 것 같더니 이내 굵어졌다.

"범준아 너 이리 좀 앉아봐라. 오늘은 할아비가 너에게 할 이야기가 있으니."

"네."

"네 엄마가 걱정이 이만저만 아니더구나."

할아버지의 옛날이야기를 들을 생각을 하니 머리가 지끈거리기 시작했다. 할아버지의 이야기가 길게 이어졌다.

14살 초등학교를 졸업한 이듬 해, 석구는 서울로 전학 간 친구 칠봉이를 찾아가리라 마음먹었다. 한 동네에서 같은 해 태어나 단짝 친구였던 칠봉이가 몇 년 전 서울로 이사 가면서 편지를 몇 차례 주고받던 차였다.

'어머니, 아버지처럼 촌구석에 박혀 평생 남의 집 허드렛일이나 거들며 살고 싶지 않아.'

처음 타보는 완행 기차는 너무도 신기했다. 서울이라는 대도시에 대한 막연한 기대감이 석구의 마음에 한줄기 빛처럼 들어왔다. 설렘 반, 두려움 반 석구의 마음처럼 차창 밖 스쳐가는 들판 위 날씨는 햇살이 쨍쨍하다가 이름 모를 시골 동네를 지날 때는 어느새 축축이 내리는 부슬비로 바뀌어 있었다.

드디어 서울 역이다. 생전 처음 보는 즐비하게 늘어선 크고 높은 건물과 도로에 꽉 찬 차량들, 바삐 움직이며 거리를 걷고 있는 수많은 사람들의 다리가 보였다. 흰 셔츠에 검은 바지를 입고 걸어가는 남자들, 뾰족 구두를 신고 걸어가는 늘씬한 종아리의 여자들을 바라보며 석구는 넋이 나가 한참을 멍하니 서 있었다. 이른 아침 급하게 올라왔기에 뱃속에선 허기가 몰려온다. 석구는 주변을 두리번거리다 중국집 식당으로 들어갔다.

"여기요. 자장면 한 그릇 주세요."

주인 아저씨가 금세 석구 코앞에 자장면 한 그릇 가져다 놓는다. 나무젓가락으로 휘휘저어 입 안 가득 쑤셔 넣었다. '와. 역시, 최고의 맛이다.' 석구는 게 눈 감추듯 한 그릇 뚝딱 해치웠다. '이럴 줄 알았으면 곱빼기를 시킬 걸.' 아쉬움을 뒤로하고 석구는 자리를 털고 일어났다.

"어! 이상하다. 분명 여기에 넣어두었는데."

가방을 뒤지고 아무리 주머니를 털어도 지갑이 보이지 않았다. 석구는 순간 눈앞이 캄캄해졌다. 석구의 얼굴이 벌겋게 상기 되었다. 어쩌지? 가슴은 두방망이질 친다. 식은땀이 나면서 손은 축축이 젖어 들어간다. 아까부터 주인 사내가 석구를 곁눈질하며 쳐다보고 있다. 차림새가 꾀죄죄한 조그마한 녀석이 혼자 들어올 때부터 주시하고 있던 터였다. 허둥대던 석구가 주인 사내와 눈이 딱 마주쳤다.

"저어 아저씨. 지갑을 잃어버렸어요."

석구는 머리를 조아렸다.

"뭐야! 쥐방울만한 놈이 겁도 없이. 세상 무서운 줄 모르네. 돈도 없이 자장면을 시켜 먹어!"

주인 사내는 석구를 무섭게 노려보았다.

"정말 지갑이 없어졌어요. 분명히 여기에 넣어두었는데 없네? 친구 칠봉이 주소도 지갑에 들어 있는데 어째."

"너 이노무새끼! 경찰서로 가자. 음식 장사하면서 너 같은 놈을 내가 한두 번 겪어본 줄 알아? 너 같은 놈은 콩밥 먹어야 정신 차리지."

사내는 씩씩 거리며 석구의 목을 잡고 마구 흔들었다. 석구는 싹싹 빌었다.

"정말이예요. 아저씨. 지갑이 없어졌어요. 저 뭐든 할게요. 밥값 대신요."

석구의 애원에 주인 사내는 한 걸음 물러섰다.

"그래? 그럼 저기 저 쌓인 그릇 몽땅 설거지 해."

석구는 그날부터 중국집에서 허드렛일을 하게 되었다. 석구의 성실함을 알아본 식당 주인이 주방장에게 말했다.

"이놈에게 틈틈이 중식 만드는 법 알려줘. 자네한텐 내가 월급

더 올려 줄 테니 잘 가르쳐봐."

"한번 해보죠."

"석구 너. 횡재한 줄 알아. 아무한테나 요리 비법 전수하는 주방장 아니니까."

몸집이 거대한 주방장이 뒤뚱거리며 그날부터 자장면 만드는 법을 가르쳐주었다.

"무엇보다 중국집에서 가장 맛이 좋아야 하는 게 자장면이야. 자장면만 맛있게 만들어도 손님이 줄을 서니까."

순간 석구의 눈이 반짝 빛난다. 주방장의 말을 하나도 놓치고 싶지 않아 그의 곁에 바짝 다가갔다.

"네. 주방장님."

주방장은 살짝 미간을 찌푸리며 말을 이어나갔다.

"잘 들어. 자장면 맛내기는 춘장을 어떻게 잘 볶느냐에 달려 있어. 식용유에 춘장을 볶을 때 사이사이 잘 저어주고 춘장이 부드러워지면 잘 볶아진 거야. 춘장이 다 볶아지면 볶은 기름을 잘 따라내고. 알았어?"

"네. 알겠어요."

"임마! 주둥이로만 나불거리지 말고. 손으로 익히고 감으로 익혀."

"주방장님만의 비법 있잖아요. 그거 배우고 싶어요. 불 맛이요."

"이자식이? 여태 누구한테 알려준 적 없는 나만의 비법이야. 네 깟 놈한테 공짜로 알려주라고? 허, 참."

"은혜 잊지 않을게요."

"나중에 뒤통수나 치지 마. 자식아."

"절대 그럴 일 없어요."

"잘 봐. 먼저 파 기름을 만들어야 해."

주방장의 손이 석구의 눈에 마술사의 손처럼 보인다. 주방장은 파를 한 손에 쥐더니 프라이팬에 멋지게 뿌렸다. 파는 기름과 튀겨지며 노릇하게 구워졌다. 주방장의 손이 빨라졌다. 파를 다 볶아낸 프라이팬에 기름을 붓더니 이번엔 설탕을 볶는 것이었다. 설탕이 노릇 해지자 주방장은 돼지고기를 넣었다. 뒤집개를 쥔 손목을 요리조리 돌리며 고기 속이 다 익을 때까지 잘 저어 주었다. 주방장이 이마의 땀을 닦으며 말했다.

"마지막이 제일 중요해. 양파를 볶아주고. 양배추가 숨죽을 때까지 잘 볶아야해. 맨 마지막에 춘장을 조금 섞어. 모든 재료를 잘 볶으면서 불을 줄여 나가란 말이야."

석구는 주방장의 능숙하고 현란한 솜씨를 넋을 빼고 바라보았다.

"사람 수는 양배추로 조절하는 거야. 명심해. 정말 빠지지 말아야 할 것 한 가지! 물과 전분 일대일로 섞어주라고. 알았어?"

"주방장님. 간짜장이랑 일반짜장은 뭐가 달라요?"

"야. 넌 대가리는 장식으로 달고 다녀? 너도 이쯤 됐으면 생각 좀 해봐야 될 거 아냐? 당연히 물 조절이지. 뭘 물어? 나처럼 손님 입맛에 딱 맞추려면 하루아침에 될 거 같아?"

석구는 직원들이 다 퇴근하고 나면 매일 홀로 자장면 맛있게 만 드는 비율을 연습했다. 어느 날부터 중국집을 드나드는 손님들에 게 석구가 주방장보다 요리 맛을 더 잘 낸다고 소문이 났다. 그날 부터 주방장은 시도 때도 없이 석구를 달달 볶았다. 주방장의 낯빛 이 요동친다. 마치 조울증환자 같다. 잔뜩 주눅이 든 석구는 매일 주방장 얼굴 낯빛부터 살폈다. 언제 또 기분이 나빠질지 모를 일이 다.

"야. 이 빠가새끼야. 너 이따위로 일할거야! 제대로 못해?"

주방장은 코끼리처럼 커다란 몸을 흔들며 석구를 향해 악다구니 를 퍼부었다. 주방을 넘어 손님 식탁 위까지 주방장 목소리가 쩌렁 쩌렁하다.

"어제 밤 꿈자리가 뒤숭숭하더니 이자식이 또 속 썩이네. 똑바로 안 해? 계속 이따위로 할 거야? 두 번 다시 주방에 얼씬도 하지 마."

주방장의 시기와 질투를 감히 이겨낼 재간이 없다. 특히 손님이 많은 시간에 일부러 더 한다. 억울함이 목구멍까지 차오른다. 석구 는 두 눈을 질끈 감았다. 화장실 가는 척하며 중식 집 문을 열고 밖

으로 나왔다. 짙은 먹구름이 석구의 마음에 가득한데 청명한 하늘
엔 속절없이 하얀 뭉게구름이 두둥실 떠 있다.

'그냥 확! 지가 주방장이면 다야?'

석구는 속으로 되 뇌이며 주먹을 쥐었다 폈다 반복한다.

'재수 없는 새끼. 똥이 무서워 피하냐. 더러워 피하지.'

석구는 침을 땅에 탁 뱉고 다시 주먹을 불끈 쥐었다.

'어떤 일이 있더라도 버티자. 여기서 내가 물러날 줄 알아? 얼굴
에 철판 깔지 뭐.'

석구는 자신에게 주문을 걸었다. 그리고 아무 일 없던 듯 주방으
로 들어갔다.

"주방장님. 앞으로 조심할게요. 죄송해요."

주방장이 석구를 잡아먹을 듯 째려보며 말했다.

"어딜 쏘다녀. 한가해? 아가리 닥치고 저 양파 다 까놔. 오늘 예
약 손님 받아야 하니까."

"네 알겠어요. 양파 볶는 건 제가 잘 하는데……."

"야. 양파 까랬지. 언제 주제넘게 너더러 양파 볶으랬어? 시키는
거나 잘 해."

주방장이 째진 눈을 부라리며 우악스레 한마디 더 덧붙였다.

"그리고 마늘 보이지? 저것도 다 까놔."

일을 하느라 한참을 쪼그리고 앉아있던 터라 피가 제대로 통하지

않은 다리는 마치 쇠뭉치 달아놓은 듯 무겁다. 일어서는 순간 다리가 저릿저릿하다. 양파와 마늘 까느라 손톱 끝이 얼얼하다. 석구는 바가지에 물을 퍼서 아린 손가락을 담그고 한참을 있었다. 주인 사장은 지켜만 볼 뿐 단 한 번도 둘 사이에 중재 나서는 법이 없다. 참는 것도 한두 번이다. 오늘은 사장에게 이 억울함을 반드시 말해 보리라. 석구는 마음을 단단히 먹었다.

"사장님. 정말 힘들어요. 뭘 해도 저렇게 생트집으로 나오니 배겨날 수가 없네요."

사장은 석구를 쳐다보며 말했다.

"남의 기술 배운다는 게 쉬울 줄 알았니? 주방장이 성격은 까칠해도 음식 하나는 잘하기로 소문이 났으니 참고 배워봐."

나무에서 떨어진 낙엽처럼 석구는 기댈 곳이 없었다. 그래 한번만 더 참자. 석구는 입술을 꼭 깨물었다. 다음날 석구는 여느 때보다 일찍 일어나 주방 곳곳을 깨끗이 치웠다. 바닥도 수세미로 문질렀다. 싱크대도 윤이 나게 닦았다. 주방장이 좋아하는 꿀물을 타서 작은 보온병에 담아 주방 탁자 위에 올려놓았다. 석구의 그런 태도에 더는 할 말이 없어진 주방장이 덜 괴롭히자 석구는 한숨을 돌렸다.

어느 야심한 밤이었다. 식당 안으로 도둑이 들어와 금고를 통째로 들고 나갔다. 금고 안에는 다음날 장사하려고 바꾸어 놓은 지폐가 수북이 있었다. 중식당 한 귀퉁이 거미줄이 쳐지고 쥐똥이 굴러다니는 지저분한 세 평 쪽방이 석구의 거처였다. 석구는 정신없이 곯아 떨어져 잠을 자느라 들고 나는 기척을 몰랐다.

"사장님. 개도 집을 지키는데 저놈은 여기서 자빠져 자면서 인기척도 몰랐다니 이게 말이 돼요? 세상에 저렇게 둔한 놈이 또 있어요? 아이고 천불나. 야. 너 도둑놈이랑 짜고 친 거 아냐?"

주방장의 일격이었다. 주인이 석구를 바라보며 말했다.

"석구. 너 인기척도 못 느꼈어?"

석구가 대답하기도 전에 주방장이 다시 끼어든다.

"저 자식이 분명 거짓말 하는 거예요. 돈 훔쳐가고 도둑이 들었다고 하는지 알게 뭐예요."

석구는 기가 막혔다.

"뭐가 어째요?"

주방장이 질세라 한마디 더 한다.

"너. 이 자식. 맨날 일하다 말고 바람 쐬고 온다고 밖으로 나돌 때부터 내가 알아봤어. 어떤 새끼랑 작당하고 돈 빼돌린 거 아니야! 사장님. 나는 도둑놈하곤 같이 일 못해요. 저 자식이 나가든지 내가 나가든지."

보다 못한 주인이 석구에게 말했다.

"아무래도 안 되겠다. 석구 너. 당장 짐 싸."

석구는 쫓겨나 듯 중식집을 나왔다. 억울함에 눈물이 앞을 가린다. 게다가 앞날을 생각하니 눈앞이 캄캄해왔다. 벌레만도 못한 주방장에게 어떻게 하면 복수할 수 있을까? 바퀴벌레로 변한다면 밟아죽이면 되는데. 석구는 며칠째 여관방에서 꼼짝 않고 얼빠진 얼굴로 천장만 보고 누워 있었다.

할아버지는 여기까지 이야기 하고 나머지 이야기는 내일 해주겠다며 말을 끊었다. 어느 새 나는 할아버지가 들려주는 이야기에 빠져 있었다.

"할아버지. 나 같았으면 그 주방장 새끼 두들겨 패버렸을 텐데요. 완전 음해잖아요."

"지금도 그렇지만 옛날에도 성실만 가지고 안 되는 일들이 많았지."

"낙담하셨겠네요. 마저 이야기 해주세요."

할아버지는 지그시 눈을 감고 옛일을 다시 회상했다.

석구는 며칠 밤을 뜬 눈으로 지새웠다. 어느 아침 겨우 잠을 청하려 누워 있는데 어디선가 소리가 들렸다.

"엿 사시오. 엿을 사! 달고 맛있는 엿이오!"

석구는 저도 모르게 일어나 밖으로 내달렸다. 멀어지는 그 소리

를 쫓아갔다. 어릴 적 어머니는 엿장수가 오면 못 쓰는 쇠붙이를
가지고 나가 한 웅큼 엿을 사가지고 왔다. 행여 어린 석구가 엿 먹
다가 목에 걸릴까 어머니는 가위로 두꺼운 엿을 살살 두드려서 조
각낸 뒤 입속에 넣어주곤 했다. 석구는 달달한 침을 흘리면서 냉큼
받아 먹었다. 나에게도 엄마가 있었지. 엄마가 보고 싶다는 생각을
지우며 석구는 물었다.

"그 엿 몽땅 다 얼마예요?"

"뭐라고? 이걸 다 사려고?"

"리어카는 얼마예요? 저도 엿 좀 팔아보게요. 좀 가르쳐 주세요.
어떡하면 돼요?"

"진짜 배우고 싶어?"

"사람이 살아있는 동안 일 해야 먹고 살지요."

"허 참. 어린놈이 말하는 폼새하고는. 정 그렇다면 오늘부터 나
를 따라 다니든지."

엿장수는 허리춤에 비닐봉지를 끼고 한손에는 엿가위를 연신 철
커덕 거리며 골목길로 들어선다. 골목길 한 귀퉁이 조무래기들이
우르르 몰려들었다. 골목길은 왁자지껄 아이들 소리와 엿가위질
소리로 갑자기 부산스러워진다. 뽀얀 가루가 묻은 엿가락이 아이
들 입속으로 들어간다.

"아저씨. 엿 한 가락 더 주세요."

"이놈아. 더 먹고 싶으면 집에 가서 찌그러진 양은 냄비 하나 더 가져와야지."

"아저씨! 여기 할아버지 고무신 가져왔어요. 엿 많이 주세요."

여섯 살 되어 보이는 아이 하나가 할아버지 새 고무신 한 짝을 내보인다. 엿장수는 모르는 척 날름 고무신을 받아들고 엿가락 반을 톡 잘라 아이 손에 쥐어준다.

"아저씨. 이거요."

양 갈래로 예쁘게 머리를 땋아 내린 계집애 하나가 자기 몸통만 한 도자기를 들고 서 있다.

"엄마한테 허락받고 가져 온 거야? 공연히 아저씨가 도둑누명 쓰면 큰일이거든."

"네에. 엄마가 엿 바꿔 먹으랬어요."

"그래. 그럼 엿 많이 주마. 맛나게 먹어."

그 길로 엿장수는 뒤도 안 돌아보고 줄행랑을 친다. 석구도 정신 없이 엿장수 뒤를 달음박질하여 쫓아간다.

"자고로 엿장수는 고물과 바꾸어도 보물이 되어 돌아오는 법. 세상만사 이치가 그런 거야."

"무슨 말인지 모르겠네요. 휴우."

"그러니 이놈 자식아. 잘 쫓아다니면서 배우라고. 재빨리 줄행랑 치는 법을 말이야."

이 동네 저 동네로 온 종일 엿장수를 따라다니다 보니 눈꺼풀이 자꾸만 내려앉는다.

"어 이놈 보게. 어디서 대낮부터 졸고 있어? 장사 배우겠다는 자식이. 야! 이놈아. 정신 바짝 차려. 오늘부터 쌍가위질 하는 법 알려줄 테니. 엿장수 가위질은 장단 맞춰 요령껏 흔들어 줘야 해. 쌍가위질 잘 하는 사람 이 세상에서 나 하나 뿐이야."

엿장수의 허풍어린 말에 졸고 있던 석구가 눈을 번쩍 뜬다.

"어. 이렇게 찰칵거리면 되나요?"

"이놈아. 무조건 찰칵거리면 어째. 자고로 엿가위 소리는 쟁쟁 소리가 이 골목 저 골목 끝까지 퍼져 나가야 되는 법. 손목의 힘부터 빼고 가볍게 잘 흔들어주라고. 이리 내. 내가 하는 거 잘 봐."

석구는 엿장수 손끝만 뚫어져라 보았다. 석구는 엿 장수 밑에서 장사 수완을 하나씩 터득해 나갔다. 몇 해가 흘렀다.

"내 밑에서 배운지 꽤 되었으니 이제 네 장사를 해봐."

"돈 많이 벌어서 은혜 갚을 게요."

"네 앞가림이나 잘해."

석구는 리어카에 엿을 실었다. 손에는 쌍가위를 들고 동네 어귀로 들어선다. 얼기설기 엮은 초가지붕들이 눈에 들어왔다. 한눈에 보아도 가난한 동네다. 조무래기들이 저만치서 석구를 보고 함성을 지르며 달려온다.

"와! 엿이다."

사내아이는 엿이 가득 실려 있는 리어카를 힐끔 보더니 손에 들고 나온 양은냄비를 발로 밟아 찌그러뜨린다.

"이놈아. 멀쩡한 냄비를 왜 찌그러뜨리니? 엄마한테 혼나면 어쩌려고 그래?"

"괜찮아요. 우리 집에 냄비 많아요."

"난 모른다. 찌그러진 냄비 받았으니 엿 두 가락 받아라. 옜다. 엿!"

아이들이 괴성을 지르며 뛰어 올라온다. 아이들 손에는 각종 쇠붙이가 들려있다. 집안 살림 다 들고 나올 기세다.

"아저씨. 쇠 국자랑 엿 바꿔 주세요."

"아저씨. 제거가 더 많아요. 엿 많이 주시라고요."

석구는 울어야 할지 웃어야 할지 모르겠다. 철부지 아이들을 상대로 집안 가재도구를 받아들고 바삐 이 마을을 떠나야겠다는 생각에 엿을 자르는 가위 손이 자꾸만 빨라진다. 아이들은 입 한가득 엿을 물고 세상 부러울 게 없는 표정이다.

석구는 동네 녀석들을 뒤로 하고 허공을 향하여 엿 가위를 한번 휘휘 젓더니 리어카를 부리나케 끌고 달아난다. 햇살이 적당히 비추는 봄날, 지나가는 바람이 석구의 얼굴에 흘린 땀을 식혀준다. 이웃 동네는 기와집이 많은 걸 보니 어느 정도 사는 동네인가 보다. 오늘은 이곳에서 하루 일당을 벌어보리라 다짐했다. 동네 정자나무 시원한 그늘 밑에 엿이 가득 실린 리어카를 세워놓고 석구는 양손에 쌍가위를 들고 챙, 챙, 챙, 가위질을 시작했다.

"엿 사시오. 엿. 엿이 왔어요. 달고 맛있는 엿이 왔어요. 영감, 할마니 싸우다가 담배 꼭지 부러진 거, 큰 애기 오줌 살에 방짜 요강 구멍 난 거, 신랑각시 싸우다가 비녀 꼭지 부러진 거 가지고 나오세요. 나오세요! 못 쓰는 가위, 고무신, 찌그러진 냄비, 아무거나 좋아요. 엿 바꾸어 줄 테니 가지고 나오시오!"

석구의 챙, 챙거리는 쌍가위질 장단소리가 공기를 가르며 동네 사방으로 울려 퍼진다. 하나 둘 동네 아이들이 함성을 지르며 달려 나온다. 철 빗장같이 답답하게 갇혀 있던 석구의 마음도 점차 경쾌해진다.

엿장수를 시작 한 지도 벌써 구년째. 석구의 나이 열여덟 살부터 했으니 이제 스물일곱 노총각이 되었다. 장인이 된 엿장수가 석구에게 말했다.

"석구 널 처음 보았을 때 이상하게 뭉클했어. 어릴 적 내 모습 보는 것 같더군. 없어진 줄 알았던 사람에 대한 정이 내게 남아있다는 걸 그때 알았지."

"다 덕분이지요."

석구는 이듬해 엿장수의 딸과 결혼을 했다.

"내가 사람 보는 눈은 있어서 너한테 내 딸 맡기는 거니까 둘이 잘 살아야 한다."

"걱정 마세요. 장인어른. 처자식 굶기진 않을 테니까요."

신혼에 엿을 팔러 나갈 때마다 따뜻한 꿀물을 타주던 아내가 첫 딸을 낳았다. 아비 된 마음에 석구의 어깨가 무거워진다. 가족을 위해서라면 무슨 일이든 마다하지 않으리라. 석구는 각오를 새롭게 했다. 한동안 중동 건설현장에 우리나라 근로자가 많이 파견되어 나간다는 뉴스가 텔레비전을 통해 심심찮게 흘러 나왔다. 석구는 신혼의 아내를 설득했다. 어릴 적 집 떠나왔던 시절도 다시 떠올랐다.

"젊을 때 고생은 사서도 한다잖아. 내 오 년만 사막 모래바람 견디고 올게. 그러면 우리 세 식구 앞으로 편히 살 수 있어."

사우디로 떠나기 전 날 석구의 팔을 베고 누운 아내의 가녀린 어깨가 떨렸다. 앞으로 몇 년 간 아내와 떨어져 살아야 한다는 생각에 석구도 마음이 무거웠다. 석구는 아내의 등을 가만히 토닥였다.

"우리 오 년만 견디자."

김포공항에서 석구는 연신 눈물 훔치는 아내의 손을 꼭 잡았다. 이제 막 돌이 지난 딸아이도 가슴깊이 끌어안았다. 석구는 심호흡을 크게 한번 하고 애써 밝은 미소를 보이며 비행기에 올랐다.

첫 발을 디딘 사우디의 풍경은 석구의 곤고한 마음처럼 삭막한 사막 모래 바람이 불고 있었다. 벌써부터 아내와 딸아이가 그리워 진다. 석구는 자꾸만 약해지는 마음을 다잡았다. 사우디의 건설 현장에서 석구는 사막 한가운데 수로를 놓는 일을 시작했다.

어느 날이었다. 건조한 사막 한가운데 오아시스 옆의 유난히 가 늘고 긴, 바늘 같은 잎사귀를 가진 초록나무 한 그루가 석구의 눈 에 들어왔다.

"과장님. 저건 무슨 나무예요?"

사우디에 오래 체류하고 있던 과장이 대답했다.

"에셀나무라고 하지. 황무한 땅 사막 한가운데 사 미터에서 십 미터까지 큰 나무로 잘 자란다네."

"신기하군요. 물도 없는 사막에서 어떻게 자라지요?"

"에셀나무는 땅속 삼십 미터까지 뿌리를 뻗어나가서 지하수를 흡수하기 때문이야. 수많은 가느다란 가지, 비늘과 같은 잎에서 염 분이 나와 수분 증발을 예방하거든."

"아 그렇군요. 처음 알았네요."

"에셀나무는 사시사철 푸르른 나무야. 가늘고 긴 가지에 분홍색 을 띤 작은 흰 꽃이 피는데 이삭처럼 보이지. 광야를 걷는 사람들 에게 사막 한가운데 나무 그늘을 크게 드리우고 쉼과 안식을 주는 나무라네."

사막에서 깊게 뿌리 내리는 에셀나무처럼 인생의 고비마다 살아

남으려 얼마나 몸부림쳤던가?

"과장님. 저 에셀나무 아래에서 사진 한 장 찍어 주세요."

사우디에서의 시간, 아내와 딸이 보고 싶을 때면 석구는 목걸이 펜던트로 만들어 온 가족사진을 보며 길고도 지독한 외로움을 견뎌냈다. 달력에 귀국 날짜를 체크하며 하루가 천 년 같았는데 어느덧 오 년이 흘렀다.

"과장님. 내일 드디어 귀국하는 날이네요. 그동안 감사했어요."

한국으로 돌아오는 귀국길, 비행기 아래로 보이는 끝없이 펼쳐진 하늘은 더할 나위 없이 청명했다. 비행기 좌석에 앉아 지난 시간들을 반추하는 석구의 이마에 굵은 주름이 가로새겨져 있었다. 석구는 하늘 상공에서 에셀나무 아래에서 찍은 사진을 꺼내보았다. 공항에는 몰라보게 자란 딸이 공주처럼 옷을 입고 아내와 함께 마중 나와 있었다. 석구는 딸을 한손으로 번쩍 들어올렸다. 그리고 이내 아내를 꼭 끌어안아 주었다.

석구는 사우디에서 모은 돈으로 엿 공장을 인수했다. 장인에게서 전수받은 석구만의 엿 만드는 비법으로 만든 수제 쌀엿은 도매상에서 소매상으로 날개 돋친 듯 팔려 나갔다. 석구는 엿 만드는 기술을 계속 발전시켜 쌀엿, 무 엿, 생강엿, 호박엿 등 다양한 엿을 개발해 전통 엿의 명인으로 소문이 나게 되면서 엿 사업은 온라인 매장까지 확장되어 갔다.

할아버지는 살아온 뒤안길을 나에게 찬찬히 들려주고는 깊이 주름진 눈가의 눈물을 훔친다.

"범준아. 세상엔 나쁜 사람도 있지만 좋은 사람도 많아. 중국집에서 일할 때는 정말 죽고 싶을 만큼 힘들었지. 그런데 말이지. 노력하는 사람을 하늘은 결코 외면하지 않더라. 엿장수인 장인어른을 만나서 그때부터 인생이 조금씩 풀렸지. 할아버지 일평생 신조는 선한 끝은 있다는 거야."

"할아버지. 저라면 못 버텼을 거 같아요."

"나도 살다 살다 힘이 들 땐 사우디에서 만났던 과장님도 떠올려 보고 사막 한가운데 뿌리 내린 에셀나무도 생각했단다. 그때마다 불끈 다시 힘이 생겼지."

나는 할아버지의 고단한 삶의 궤적이 묻어 있는 얼굴을 가만히 올려다보았다.

"대학까지 졸업했는데 변변한 직장을 구하지 못해 좌절감이 컸어요. 다 포기하고 싶었고요. 나도 내 인생의 금을 캘 수 있을까요?"

할아버지가 안쓰러운 듯 나를 바라보았다.

"예나 지금이나 청년들의 삶은 쉽지 않았다는 게 할아버지가 해주고픈 말이다. 범준아. 험한 세상이지만 미친 듯 살려고 정말 애쓰다 보면 너를 도와주려는 사람도 어딘가에 있다는 거 명심해."

네 평 남짓한 방 침대를 정리하고 오랜만에 거울 앞에 섰다. 나도 모르게 두 손이 불끈 쥐어진다. 나를 괴롭히던 귓가의 소음들이 서서히 잦아들더니 어디선가 향긋한 냄새가 코끝에 살살 스며든다. 기분 좋은 향기다. 혹시 에셀나무에 핀 꽃향기 냄새가 아닐까? ✤

빈자리

아내의 눈에서 눈물이 주룩 흘렀다. 아내 수정이 마지막 숨을 내뱉었다. 아내의 관을 싣고 화장터로 가는 날 추적추적 비가 내렸다. 화장터는 그날따라 줄지어 늘어선 망자들의 관으로 북적였다. 나는 화장 순번대기표를 받아들었다. 화장터 직원들은 반복되는 일상인 듯 덤덤하고 무표정한 얼굴로 아내의 관을 화구에 밀어 넣었다.

두어 시간 지났을까? 나는 수골실 유리 칸막이 문 앞에 섰다. 마스크를 쓴 직원이 한줌 재로 변한 아내의 몸을 흰 장갑 낀 두 손으로 조심스레 추슬러 도자기 단지에 담아주었다. 살아있는 순간과 죽음의 강, 두 갈림길에서 사투하는 아내를 보며 나는 신을 향해 간절히 기도했고 점점 생명의 불꽃이 사그라지는 것을 보며 무던히도 신을 원망했다. 아내의 유골함 앞에서 함께했던 지난 추억들을 떠올렸다.

빈자리

   검은 상복으로 갈아입은 나는 아내 수정의 영정사진을 내려다보았다. 그날은 마른하늘에 시커먼 먹구름이 잔뜩 몰려있었다. 금방이라도 소낙비가 쏟아질 것 같았다. 라일락 고운향기처럼 나에게 다가왔던 젊은 날의 아내 모습이 겹쳐졌다. 긴 투병 끝에 생명의 끈을 놓아버린 수정.

   아내 수정이 미용사라는 직업을 가진 지 20년째였다. 가위질 잘한다고 소문난 아내의 미용실은 날마다 손님들로 북적였다. 단골손님들은 밤늦은 시간에도 미용실을 찾았다. 평소 아내가 미용실 문을 닫는 시간은 밤 10시였다. 수정은 미용실 뒷정리를 마치고 집에 오자마자 빨랫감을 세탁기에 집어넣고 색깔별로 여러 번 돌렸다. 아내 수정이 사용하는 섬유 유연제는 로즈마리 향이어서 빨래를 끝내고 건조대에 옷을 널면 집안에 기분 좋은 향기가 났다. 나는 그 냄새를 수정의 냄새라 칭했다. 수정은 먼지하나 없이 집안구석구석 청소와 정리를 빈틈없이 마치고 젖은 빨래처럼 파김치가 되어서야 잠자리에 들었다.

새벽 5시. 알람이 울렸다. 나는 수정의 어깨를 끌어당겼다. 좀 더 자. 일어나야 해. 나는 안타까웠지만 유난히 책임감이 강한 아내의 완벽에 가까운 성향을 알기에 더 이상은 말리지는 않았다. 수정은 매번 수수, 현미찹쌀, 검은콩을 섞어서 아침밥을 지었다. 하얀 쌀 뜨물은 따로 받아서 화초에 듬뿍 끼얹어주었다. 먼지가 앉을세라 화초 잎사귀를 물티슈로 정성껏 닦아주었다. 화초는 아내의 정성스런 손끝에서 싱싱하게 자랐다. 거실은 사계절 내내 푸르른 미니 정원이었다. 하지만 정작 아내 자신의 건강은 뒷전이었다.

난소암 3기 진단을 받은 날 수정의 가녀린 어깨가 하염없이 흔들렸다. 아내는 허물어지듯 내 품에 기댔다. 나는 아내를 꼭 끌어안았다.

"여보 무서워."

"의학기술이 발달해서 극복할 수 있어. 뭐든지 마음먹기에 달렸어. 걱정 마."

3년의 모질고 잔인했던 암과의 사투는 가정에 어두운 그림자를 드리웠다. 항암치료 후유증으로 아내의 얼굴은 퉁퉁 부었고 머리

칼은 한주먹씩 빠졌다. 호전되는 것 같던 아내의 몸이 어느 순간 급격히 나빠졌다. 암은 아내의 온몸을 파고들었다. 아내가 투병하는 동안 내가 해줄 수 있는 것은 회사에서 퇴근하고 병실로 가서 앙상한 아내의 손을 잡아주는 것뿐이었다.

죽음에 임박한 아내는 뼈와 뼈 사이를 파고 들어오는 극한의 통증과 싸웠다. 고왔던 얼굴은 퉁퉁 부었고 수시로 열이 39도까지 오르락내리락했다. 아내는 임종 보름 전부터 옆에서 지켜보기 어려울 정도로 힘겨워했다. 마약성 진통제도 소용없었다.

담당의사가 회진하러 들어왔다. 의사가 병실 밖으로 나를 불렀다.

"오늘밤 넘기기 힘들 것 같아요. 마지막으로 해주고 싶은 말씀 많이 해주세요."

나는 의사의 입을 멍하니 바라보았다. 명치가 쓰리고 가슴이 답답했다. 언젠가 이런 날이 올 거라 상상은 했지만 오늘은 아니기를 바랐다. 아내가 힘겹게 숨을 몰아쉬었다. 나는 아내의 손을 가만히 어루만졌다.

"여보 내가 당신 정말 사랑한 거 알지? 그동안 정말 고생 많았어. 더 행복하게 해주지 못해 미안해. 하윤이 걱정 마. 잘 키울게. 먼저 가 있으면 나도 곧 따라갈게."

아내의 눈에서 눈물이 주룩 흘렀다. 수정이 마지막 숨을 내뱉었다.

　아내의 관을 싣고 화장터로 가는 날 추적추적 비가 내렸다. 화장터는 그날따라 줄지어 늘어선 망자들의 관으로 북적였다. 나는 화장 순번대기표를 받아들었다. 화장터 직원들은 반복되는 일상인 듯 덤덤하고 무표정한 얼굴로 아내의 관을 화구에 집어넣었다.

　두어 시간 지났을까? 나는 수골실 유리 칸막이 문 앞에 섰다. 마스크를 쓴 직원이 한줌 재로 변한 아내의 몸을 흰 장갑 낀 두 손으로 조심스레 추슬러 도자기 단지에 담아주었다. 살아있는 순간과 죽음의 강, 두 갈림길에서 사투하는 아내를 보며 나는 신을 향해 간절히 기도했고 점점 생명의 불꽃이 사그라지는 것을 보며 무던히도 신을 원망했다. 아내의 유골함 앞에서 함께했던 지난 추억들을 나는 흘려 보냈다.

　나는 아내의 장례를 마치고 집에 도착했다. 거실벽면에 덩그러니 걸려있는 가족사진이 나를 맞이했다. 그 앞에 섰다. 나는 아내 없이 홀로 남게 되었다는 것을 비로소 실감했다. 공허한 감정이 몰려왔다. 내 옆에 서 있는 딸 하윤의 눈에 눈물이 맺혀있었다. 딸 하윤은 중학교 2학년이었다.

　"엄마가 보고 싶어. 엄마가 그리워."

　나는 하윤을 안아주었다.

　"엄마는 하늘나라에서 우리 하윤이 지켜보고 있을 거야."

"엄마 옷 절대로 버리지 마. 엄마 냄새 사라지는 거 싫어. 흑흑."

근처에 홀로 살던 어머니가 나와 하윤이 사는 집으로 거처를 옮겨왔다. 나는 늙은 어머니에게 짐을 지우는 거 같아 마음이 편치 않았으나 한편으로는 어머니가 하윤을 돌볼 수 있음에 안심했다.

늦은 밤 회사에서 일을 마치고 돌아온 나는 조용히 하윤의 방문을 열었다. 하윤은 수정의 스웨터를 꼭 끌어안고 몸을 고양이처럼 웅크린 채 잠들어 있었다. 나는 딸의 얼굴을 찬찬히 들여다보았다. 볼을 타고 흐른 눈물이 홀쭉하게 야윈 뺨에 말라붙어 있었다. 나는 하윤의 뺨을 손으로 가만히 쓰다듬었다. 하윤이 쓰다말고 엎어놓은 일기장이 눈에 들어왔다. 나는 눈물로 얼룩진 하윤의 일기장을 읽어나갔다.

'그리운 엄마에게. 엄마 보고 싶어요. 오늘 수업이 끝난 뒤 운동장을 가로질러 계단 맨 끝에 혼자 앉아있었어. 아무 생각도 나지 않았어. 그냥 엄마가 그립고 보고 싶어서 눈물이 났어. 친구들이 다 집으로 돌아가고 어둑해질 때까지 나는 아무것도 하지 않고 그냥 엄마 생각만 했어. 엄마. 엄마.'

하윤은 끼니때마다 밥을 제대로 먹지 못했다. 배가 아프다고 했다. 얼굴을 찌푸리고 모래알 씹듯 밥알을 억지로 씹었다.

"하윤아. 그렇게 밥 먹으면 복 달아난다."

하윤은 할머니 말을 듣는 둥 마는 둥 밥알을 삼키기 무섭게 화장

정기옥 소설

실로 뛰어가 이내 변기를 잡고 토했다. 하윤은 바람 불면 날아갈
듯 바짝 말라가고 있었다.

"애비야. 어쩜 좋으냐. 하윤이 저렇게 먹질 않으니."

"어머니가 잘 다독여 주세요."

나도 아내가 없는 일상이 견디기 어려웠다. 그러니 하윤은 오죽
하랴 싶었다. 평온했던 가정에 생각지 않았던 불행이 갑자기 밀어
닥쳤다는 현실이 믿기지 않았다. 아내의 흔적은 집안 곳곳에 여전
히 배어 있었다. 아내 수정은 철마다 녹보수, 벤자민, 만냥금 등 식
물들과 자잘한 꽃 화분들을 베란다에 들여놓고 나에게 말했다.

"여보 이 꽃들 좀 봐. 햇살과 물만 먹고도 이렇게 잘 커주니 사랑
스럽지 않아? 보고 있노라면 마음이 좋아. 소소하게 피어나는 꽃
처럼 욕심 없이 살다 가면 좋겠어."

아내가 가꾸던 식물과 꽃들은 거실 한 귀퉁이 볕이 잘 들어오는
곳에 자리를 잡고 여전히 싱싱함을 내뿜었다. 착하디착한 아내를
하늘은 왜 그리도 일찍 데려 간단 말인가? 따스한 생기가 서려있
던 집안은 찬 서리가 내린 땅처럼 고요하고 적막했다.

'아내 없이 살아갈 수 있을까?'

나는 허한 마음을 술로 달랬다. 가슴속 냉기가 술이 들어가면 그
나마 견딜만했다. 그날도 나는 거하게 취해 몸을 휘청거리며 집에
들어섰다. 나를 바라보는 어머니의 눈에 서글픈 노기가 서렸다.

"산사람은 살아야지. 하윤이 저 불쌍한 것 봐서라도. 의지할 데라곤 아빠밖에 없잖아."

"하윤이만 아니면 수정이 곁으로 가고 싶어요."

"그걸 말이라고 하니? 어미 앞에서 할 소리야?"

어머니의 호통에 나는 고개를 숙이고 침대로 가서 누워버렸다.

'여보. 하윤이 잘 키워주기로 약속했잖아.'

수정의 목소리였다. 어느 새 잠이 들었었나보다. 나는 깜짝 놀랐다.

'환청을 들었나?'

시계를 보니 새벽 5시였다. 두통이 몰려와 머리가 지끈거렸다. 나는 주섬주섬 일어나 찬물로 세수를 했다. 밤새 삐죽삐죽 자란 수염의 감촉에 손끝이 따가웠다. 면도크림을 바르고 날을 세워 날렵하게 면도를 했다. 면도날의 차가운 느낌이 마음까지 서늘하게 했다.

나는 수정이 만들어주었던 털실로 짠 스웨터를 걸쳐 입고 집을 나섰다. 차가운 바깥공기가 엄습하자 몸에 으스스 한기가 느껴졌다. 차에 올라 시동을 걸고 동해로 향했다. 자욱한 새벽 안개가 온 사방에 무겁게 내려앉아 있었다. 적막한 고속도로를 달리며 황폐해진 마음을 차분한 음악으로 달랬다. 몇 개의 긴 터널을 통과하자 마지막 톨게이트가 나왔다. 도로 옆으로 짙푸른 물결치는 바다가 보였다. 동해 바다 위로 아침 해가 붉게 떠오르고 있었다. 겨울 바다는 소리 없는 아픔에 젖어있는 나를 넓은 품으로 맞아주었다. 바다는 큰 파도의 물결이 일렁였다. 나는 바위에 부딪혀 조각나는 파도의 포말을 보며 살아온 지난날들을 반추했다. 그 시간들은 가장 안정되고 따뜻한 추억들이었다.

아내 수정은 손끝이 야무져서 손으로 하는 일은 뭐든 잘했다. 겨울이면 실타래를 풀어 나와 하윤이의 스웨터를 떴다. 손 장갑, 목도리, 작은 소품들도 코바늘로 손뜨개질했다.

"당신 미용실 일도 바쁠 텐데 언제 또 스웨터를 짰어? 이 스웨터 입고 출근했더니 솜씨 좋은 아내 두었다고 직원들이 모두 부러워해. 하하."

"엄마. 내 친구들도 장갑과 목도리 예쁘다고 갖고 싶대요. 호호."

수정은 재봉질도 잘했다. 중고 재봉틀을 사서 시장에서 천을 떠다가 딸 하윤의 옷을 직접 만들었다.

"여보 포목시장에 가면 질 좋은 옷감이 얼마나 싼지 몰라. 몇 천원 주고 몇 마만 사면 하윤이 원피스 여러 개 만들 수 있어요. 백화점과는 차이가 있겠지만 돈이 덜 들어요. 내 손으로 직접 만들어 입히는 재미도 있고."

아내 수정의 목소리가 내 귓가에 아련하게 들리다 사라졌다. 나는 상념에 잠겼다. 동해의 푸른 바다물결은 아무런 답이 없었다.

파도소리만 회오리치는 내 마음을 어지럽혔다. 나는 모래사장을 천천히 걸었다. 발 밑에서 모래가 흩뿌려지자 모래바람이 일었다. 모래언덕에 갈매기 떼들이 무리지어 앉아있었다. 알 수 없는 부아가 꿈틀거리며 속에서 치밀어 올랐다. 나는 단단한 돌을 주어들고 갈매기 떼를 향해 힘껏 던졌다.

수정이 세상을 뜬 지 이태가 흘렀다. 나는 표류하는 난파선에서 배를 집어삼키려는 물결을 가까스로 견뎌낸 기분이었다. 그 시간들이 천 년 같았다. 어머니는 나의 긴 방황을 지켜보며 안타까워했다.

"내가 다니는 교회에 남편을 일찍 사별한 여자 집사가 있어. 한번 만나보면 어떠니?"

"생각 없어요. 자신도 없고요. 새 사람 들어오면 하윤이 감당하고 키워 줄 사람일지 그것도 걱정이고."

"그 여집사를 한두 해 지켜본 게 아니야. 하윤이 맡길 사람인데 아무나 이야기하겠니?"

"그 쪽 여자는 아이가 있나요?"

"아이 없이 혼자 살아. 결혼하고 얼마 안 되서 남편이 교통사고로 죽었대. 남자들이 그렇게 들이대도 꿋꿋하게 눈길 한번 주지 않더라고. 지금까지 지켜보았거든. 어른을 대하는 태도도 그렇고, 아이들 예뻐하는 모습도 그렇고. 심성이 고운 여자야. 하늘이 왜 그 여자를 박복하게 만들었을까 할 정도로. 혼자 살기엔 아까워. 하윤이 새 엄마가 되게 해달라고 계속 기도했어."

"생각할 시간을 주세요."

"언제까지 혼자 살 순 없잖니?"

나는 생각이 복잡할 때면 습관처럼 동해바다로 향했다. 2시간여 차를 몰아 경포대 백사장에 도착했다. 한겨울 차가운 날씨에 코끝이 시렸다. 사람들은 손에 카메라와 스마트 폰을 들고 모래 백사장에 삼삼오오 짝지어 서 있었다. 아침 7시 39분, 동해바다 수평선 물결 너머로 해가 안간힘을 쓰며 꿈틀대고 있었다. 드디어 일렁이는 물결 주위로 해는 그 장엄함을 드러내었다. 일출의 웅장함을 경외감으로 바라보던 나는 이내 돌아서서 외투주머니에 손을 넣고 모래백사장을 걸었다. 나는 침묵과 고요 속으로 잠잠히 빠져들었다. 뺨을 스치는 해풍에 나 자신을 맡기고 자연이 주는 은밀한 소리에 귀를 기울였다.

'저 태양도 하루를 살기 위해 뜨지 않는가? 영화 속 여주인공이 말했지. 내일은 내일의 해가 뜬다고. 나도 다시 시작할 수 있을까?'

엉킨 실타래처럼 꼬여버린 인생에 대한 회한으로 베갯잇을 적시며 밤을 지새운 날이 얼마였던가? 누군가를 붙잡고 한없이 넋두리를 하고 싶었다. 삶에 대한 희망의 끈을 놓고 싶던 날에도 나는 이를 악물고 버텨냈다. 그건 하윤에 대한 아비로서의 부정이었다. 아내가 남기고 간 하윤은 내 생을 붙잡고 있는 마지막 끈이었다. 나는 햇살에 반짝이는 물결의 일렁임을 바라보다 한결 가벼운 마음으로 집에 돌아왔다.

하윤은 제 방에서 불도 안 켜고 컴퓨터게임을 하고 있었다. 안쓰럽고 측은한 마음에 나도 모르게 한숨이 나왔다.

"하윤아 대학입시를 목표로 공부 좀 해야 하지 않겠어?"

"몰라."

"허송세월하면 친구들에게 뒤처지잖아."

"지금은 손에 잡히지 않아."

하윤은 가상공간에서 안정감을 누리는 듯했다. 하윤과 컴퓨터는 한 몸처럼 느껴질 정도로 학교에서 돌아오면 곧장 방으로 들어가 컴퓨터 게임에 빠져들었다. 나는 하윤을 볼 때마다 마음의 부담감에 가슴앓이가 계속되었다. 나 혼자 감당하기가 벅찼다. 어머니 말대로 그 여집사라면 하윤이 상태를 이해하고 잘 보살펴 주지 않을까?

남편을 사별했다는 여집사 경애와 만나기로 약속한 날 나는 괜히 엉뚱한 말을 삼켰다.

'여보 하늘에서 응원해줘.'

카페 중앙테이블에 여집사 경애가 먼저 와 기다리고 있었다. 나는 그녀에게 가벼운 목례를 했다. 차를 시켜놓고 시선을 어디에 둬

야할지 몰라 찻잔만 응시했다. 나는 심호흡을 한 다음 그녀에게 내 상황을 이야기했다.

"하윤 할머니께 들어서 어느 정도는 알고 있었어요. 서로 형편을 이해하는 상황이니 좀 더 만나면서 생각해 보기로 해요."

나는 수수한 그녀의 얼굴을 슬며시 바라보았다. 적막하던 마음에 봄의 따스한 기운이 스며드는 것 같았다. 경애는 여러 악기를 다룰 줄 안다고 했다. 주말마다 그녀의 집에서 데이트를 했다. 그때마다 그녀는 악기를 연주했다. 피아노와 첼로, 바이올린이 그녀의 공간을 충만하게 채웠다. 경애는 첼로로 은은한 찬양 곡을 주로 연주했다. 아름다운 선율을 타고 흐르는 찬양을 듣고 있으면 예민하고 불안했던 마음에 평안함이 찾아왔다. 만남을 지속할수록 그녀의 넉넉한 인품에 나는 안도가 되었다.

어느 한 날 나는 하윤을 식탁 앞으로 불렀다.

"하윤아 지난번 할머니가 아빠에게 소개해준 여자 분이 계셔. 아빠가 많이 고민했어. 하윤이 새엄마로. 갑자기 말해서 미안해. 하윤이하고 인사 한번 했으면 싶구나."

앉아있는 하윤의 미간이 찌푸려졌다. 입을 꾹 다물고 있던 하윤이 샐쭉하게 말했다.

"아빠 맘대로 하세요."

며칠 후 나는 그녀를 하윤과 인사시켰다. 하윤의 표정이 일그러지더니 징그러운 벌레를 보듯 혐오스러운 눈빛으로 경애를 쳐다보았다.

"내 엄마가 된다고? 내 엄마는 세상에서 오직 한 명밖에 없어!"

생각지 못한 하윤의 반응이었다. 하윤의 그런 모습을 난생처음 본 나는 깜짝 놀랐다.

"어른한테 말버릇이 그게 뭐야?"

단발파마에 갸름한 얼굴, 사슴처럼 큰 눈을 가진 그녀가 빙그레 미소지었다.

"그냥 두셔요. 혼란스러워서 그러는 걸요. 저 나이 땐 다 그렇죠."

하윤의 얼굴이 벌겋게 달아올랐다.

"홍 착한 척 하긴. 그런다고 내가 눈 하나 깜짝 할까봐? 꼴값 떨지 마! 절대 엄마라고 부를 일 없을걸? 애써 노력하지 말라고."

앳된 외모의 여학생 입에서 나오는 말치곤 독기가 서려있었다. 하윤은 그길로 현관문을 쾅쾅 발로 걷어차며 밖으로 뛰쳐나갔다.

밤이 늦도록 하윤이 집에 들어오지 않았다. 하윤의 핸드폰도 꺼져있었다. 나는 속이 타들어갔다. 아내 수정이 세상을 뜨고 나서 하윤의 방황하는 마음을 알고 있었지만 이 정도로 나올 줄은 몰랐다. 사별한 아내 수정을 제대로 보듬지도 아껴주지도 못했던 한 줄기 회한이 내 마음을 어지럽혔다. 마지막 소망의 닻줄을 부여잡고 가정을 꾸려보고 싶던 차에 생각지 못한 하윤의 반응에 나는 맥이

정기옥 소설

쫙 풀렸다.

늦은 밤 근처에 사는 장모에게서 연락이 왔다.

"하윤이 늦은 저녁에 우리 집에 왔더라고. 아무 말 안하고 재웠네. 너무 걱정 말게."

"감사해요."

나는 하윤이 안정 될 때까지 당분간 밖에서 경애를 만나기로 했다.

그렇게 반년이 또 훌쩍 흘러 추운 겨울이 가고 얼어붙었던 땅이 조금씩 녹았다. 몇 차례의 꽃샘추위도 지나고 5월이었다. 연한 순의 연두 빛 잎사귀들이 여기저기 피어오르고 있었다.

나는 경애덕분에 어느 정도 생기를 되찾았다. 수정이 떠난 후 텅 빈 마음에 어느 누구도 받아들일 수 없을 것 같았는데 또 하나의 대상이 내 마음을 채운다는 것이 당황스러우면서도 묘했다. 한편으로는 먼저 간 아내 수정이 허락한 선물 같았다. 나와 경애는 함께 살기로 결정했다. 경애가 내 안색을 살폈다.

"하윤이 걱정 말아요. 사춘기 혼란스러운 감정 어쩜 당연해요. 난 괜찮으니 차차 적응해 가면 돼요."

나는 가만히 경애의 손을 잡았다.

"하윤이가 저렇게 예민한데 내 아내가 되어줄 수 있겠어요?"

"하윤이 관계는 시간이 해결해 줄 거예요."

"그럴 수만 있다면 좋겠구려."

"어릴 때 나도 친정어머니가 일찍 돌아가셨죠. 하윤이 마음 헤아려져요."

"당신도 그런 어린 시절을 겪었다니 마음이 아프군."

"아버지가 재혼할 사람을 데리고 왔을 때의 그 충격 나도 알아요. 저도 무척 혼란스런 사춘기를 보냈어요. 하윤이 재촉하지 말고 보듬기로 해요."

"내가 복이 많아 당신 같은 여자를 만났어. 고맙소."

경애가 집으로 들어와 산 지 한 달이 지난 어느 날이었다. 나는 퇴근하고 돌아와 집 현관문을 열었다. 화초들은 바닥에 나뒹굴었고 화분이 여기저기 깨져 있었다. 현관에서 맞이하던 경애도 보이지 않았다. 적막한 고요함만 느껴졌다. 불길한 생각에 나는 심장이 쿵쾅거렸다.

"도대체 무슨 일이야?"

하윤이가 방문을 열더니 소리를 질렀다.

"누가 그랬겠어? 심술쟁이 저 여자가 그랬지. 엄마가 애지중지 키우던 화초를 저렇게 하찮게 여기고. 당장 저 여자 쫓아내. 아빠."

"어디서 말버르장머리가 그 모양이야? 네 방으로 들어가 있어. 여보, 이리 나와 봐. 어찌된 일이야."

침대에 누워있던 경애는 헝클어진 머리칼을 가다듬고 거실로 나왔다. 경애의 표정이 어둡고 우울했다.

"팔에 피멍이 들었네? 대체 왜?"

"걸레질을 하다가 그만 넘어졌어요."

"뭐?"

하마터면 나도 모르게 하윤에게 소리를 버럭 지를 뻔했다. 경애가 입가에 검지를 세우며 아무 말도 하지 말라고 눈치를 주었다. 경애가 내 손을 이끌고 방으로 들어가더니 하윤과 있었던 일을 자초지종 이야기했다.

늦은 오후 경애가 거실에서 걸레질을 하고 있을 때 하윤이 학교에서 돌아왔다. 하윤은 경애가 있는 쪽으로 성큼 걸어오더니 갑자기 경애의 등을 세게 밀었다. 그 바람에 경애는 엉덩방아를 찧으며 화분과 함께 나뒹굴었다. 하윤은 적의에 찬 눈으로 싸늘하게 경애를 응시하면서 자신의 방으로 들어가 버렸다. 경애는 순식간에 일어난 일이라 기가 막혔다. 경애는 간신히 몸을 일으켰다.

"하윤아. 이리 나와 봐. 이야기 좀 하자."

"할 얘기 없거든. 이 집이 싫으면 떠나던가. 왜 남의 집에서 유세야?"

경애는 하윤에게 한걸음 다가서려다 멈췄다. 경애는 부글거리는 감정을 겨우 컨트롤했다.

경애는 말을 마치고 긴 한숨을 쉬었다. 나는 경애의 어깨를 가만히 끌어안았다.

"당신이 고생이 많아. 하윤이도 언젠가는 달라지겠지."

주말이었다. 나는 소파에 누워 신문을 보다가 잠깐 눈을 붙였다. 하윤은 암막커튼으로 드리워진 세 평 남짓한 방에서 종일 나오지 않았다. 컴퓨터 앞에서 컵라면으로 대충 한 끼를 때웠다. 하윤은 화장실 갈 때랑 물먹을 때만 방 밖으로 나왔다. 나는 자다가 일어나 하윤의 방문을 슬그머니 열었다. 방에 불을 다 꺼놓아 어둠이 드리워진 공간은 시퍼렇게 켜진 컴퓨터 화면의 불빛만 가득했다. 하윤은 퀭한 눈으로 화면을 응시하고 있었다. 게임 속 군인들이 적을 향해 요란하게 총을 쏘고 있었다. 포복하고 달려가고 수류탄을 집어던지며 상대를 살상했다. 탕. 탕. 탕 총소리가 요란했다. 하윤은 때리고 깨고 부수고 총 쏘는 컴퓨터게임에 자신을 완전히 녹여내고 있었다. 하윤은 낮과 밤을 거꾸로 보냈다.

하윤이 밤새 게임을 하고 낮에 잠이 들면 경애는 하윤의 방에 들어가 물걸레로 방바닥을 살살 닦으며 청소했다. 여기저기 아무렇게나 벗어놓은 하윤의 옷들을 모아 손빨래를 했고 다음 날이면 건조된 옷을 곱게 개켜 하윤의 방에 가져다 놓았다. 나는 경애에게 다정하게 말했다.

"고마워. 하윤이 잘 챙겨줘서."

경애가 빙그레 미소지었다.

"내가 할 수 있는 게 이런 거밖에 더 있나요."

어느 늦은 밤 나는 잠이 오지 않아 서재 방에서 서성이다가 책상 위에 놓여있는 경애의 노트를 나도 모르게 들춰 보았다. 차분한 글씨체로 하윤과의 일상이 기록되어 있었다.

'한참 꽃다운 나이의 여자아이가 살아가는 세상이 이리도 습하고 어두침침하니 마음이 아프고 저리다. 하윤의 공간은 괴괴함으로 가득 차 있는 컴컴한 동굴같다. 밤이 되면 어둠속에서 컴퓨터의 불빛만 퍼렇게 빛나고 있다. 날기도 전에 날개가 꺾여버린 작은 새. 저 아이를 어떻게 도울 수 있을까? 무진 애를 써보지만 굳게 닫혀버린 하윤의 마음 문빗장이 쉽게 열리질 않는다.'

봄의 따스한 기운에 바깥세상은 꽃들이 만개했지만 집안 공기는 여전히 냉랭했다. 나는 경애에게 억지로 애쓰지 말라고 말했으나 경애는 내 말을 듣는 둥 마는 둥 했다. 하윤의 거칠고 공격적인 태도를 겪어내느라 경애도 점점 지쳐가는 듯했다.

그날 경애가 하윤을 불렀다.

"하윤아 밖에 나가서 맛난 거 먹고 드라이브 하고 오자."

문이 벌컥 열렸다.

"우. 씨. 중요한 순간인데 아줌마 땜에 적에게 총 맞았잖아? 왜 자꾸 방해해?"

"잠깐 나와 봐."

"귀찮아 죽겠네. 나 좀 건드리지 말라고."

하윤은 경애의 말을 단칼에 잘랐다.

"하윤아. 그러지 말고 아줌마랑 오늘은 외출하자. 하윤이 옷도 사고 화장품도 사고."

갑자기 하윤이 현관문 쪽으로 걸어갔다. 하윤은 현관에 놓인 경애의 신발을 집었다. 현관문을 벌컥 열더니 경애의 신발을 밖으로 내던졌다.

"가고 싶으면 아줌마나 가라고."

하윤은 돌아서서 경애를 쏘아보았다. 경애의 얼굴이 하얗게 질렸다. 하윤이 쾅하고 방문을 세게 닫았다. 그 소리에 경애의 귀가 먹먹해졌다. 경애는 현관문 밖에 버려진 신발을 집어 들었다.

경애에게서 전화가 왔을 때 나는 회사 식당에서 점심을 먹고 있었다.

"여보 퇴근 할 때쯤 전화 줘요. 오랜만에 밖에서 저녁 같이 먹어요."

"왜 무슨 할 말 있어?"

"이따 만나서 이야기해요."

나는 회사에서 나와 경애가 기다리는 식당으로 발걸음을 향했다. 창가 쪽 테이블에 앉아있는 경애의 얼굴에 수심이 가득했다. 나는 조심스레 경애의 표정을 살폈다.

"집에서 안 좋은 일 있었어?"

경애의 눈에 눈물이 고였다. 당장이라도 와락 눈물이 쏟아질 거 같았다. 경애가 시선을 창밖으로 돌렸다. 경애가 어렵게 입을 열었다.

"하윤이요. 방 밖으로 나오지도 않고 컴퓨터 게임만 밤낮으로 하고 있으니 안타까워요."

나는 내 앞에 놓여있는 추어탕을 휘휘 저으며 하윤이 얼굴에서 웃는 모습을 본적이 언제였던가 생각했다. 경애도 어느 순간부터 말수가 적어지고 얼굴에 그늘이 드리워졌다. 나는 마음이 복잡해 졌다.

"당신 나랑 결혼한 거 후회해?"

"무슨 그런 말씀을. 하윤이가 걱정되니 그러죠."

"엄마 잃고 마음 붙일 곳 없이 방황하는 게 안쓰러워 그냥 내버려뒀지. 그렇게라도 허한 마음 달래라고. 뭐든 지나치면 독이 된다더니 게임에 너무 빠져버린 듯 해."

경애가 말했다.

"어느 날 갑자기 새 엄마라면서 내가 나타났으니 그 애도 당황되고 두려웠을 거예요. 코뚜레 뚫어 억지로 끌고 가는 소처럼 엄마라 부르기 싫겠죠. 하윤에 대한 내 마음이 절망과 희망 사이를 오가며

오르락내리락해요. 솔직히 계속 저러면 어쩌지 걱정과 두려움이
몰려와요."

나는 경애의 손을 잡았다.

"당신 힘든 거 내가 왜 모르겠어. 하윤이가 엄마의 부재를 겪으
면서 충격이 많았어. 그 나이에서 생각이 그만 멈춘 거 같아. 조금
만 더 힘내 주면 안 될까?"

나는 간절함을 담아 경애를 쳐다보았다.

"내가 더 애써 볼게요."

집으로 돌아오는 길 어두운 하늘에 작은 별들이 촘촘히 떠 있었
다. 나는 경애의 손을 잡고 걸었다. 나는 별을 올려보며 우리가정
에 희망이 사라지지 않기를 기도했다.

내가 퇴근해서 집에 오면 경애는 하윤과 있었던 일을 자세히 말
해주었다.

그날도 경애는 한껏 들뜬 어조로 하윤의 방문을 노크했다.

"하윤아. 떡볶이에 라면사리도 넣고 계란도 넣었어. 아빠가 말해
주었어. 네가 제일 좋아하는 음식이 떡볶이라고. 나와서 먹어."

하윤의 앙칼진 목소리가 방문을 타고 새어나왔다.

"누가 그런 걸 만들라 했어? 배 안고파."

"하윤아. 성의를 봐서라도 한 입 먹어봐."

"떡볶이 정말 안 좋아한다는데 왜 자꾸 먹으래? 특히 아줌마가

만든 건 더 먹기 싫다고."

경애는 하윤이 방문을 벌컥 열었다.

"하윤아. 아무리 그래도 그렇지. 한 집에서 살려면 좀 친해져야 하지 않겠어?"

하윤이 괴성을 내질렀다.

"어디서 감히. 노크도 없이 내 방문을 열어? 아줌마가 이집에서 안 살면 되잖아? 누가 우리 아빠랑 억지로 살라했어? 난 엄마를 잃었는데 아줌마가 아빠도 빼앗아 갔다고! 재수 없어. 꺼져."

하윤은 도전적인 눈빛으로 경애를 쳐다보았다. 의자에서 벌떡 일어선 하윤은 경애의 눈앞에서 방문을 쾅 닫았다. 곧이어 방문을 거칠게 걸어 잠그는 소리가 들렸다. 그 소리는 마치 경애를 향해 경계를 넘어오면 사살이야, 라고 외치는 것 같았다. 끊임없이 밀쳐내는 하윤의 태도 앞에 경애는 깊은 한숨이 절로 나왔다.

'다 때려치우고 싶어. 이러다 내가 먼저 말라 죽을 거 같아. 내가 무슨 복을 누리겠다고. 하윤을 내가 계속 감당할 수 있을까?'

타고나기를 어떤 어려움도 긍정적으로 생각하는 경애의 성품이었다. 하지만 하윤과의 관계만큼은 거대한 벽 앞에 부딪힌 느낌이었다. 그날따라 거실 큰 유리창 너머 비껴 들어온 햇살이 집안 구석구석 응달진 곳까지 환하게 비추고 있었다. 경애는 이 가정을 선택할 때 처음 품었던 마음을 잃지 않기를 기도했다.

며칠 마음고생을 하고 난 경애가 어느 날 한결 평온해진 목소리로 나에게 말했다.

"난 무엇이든 쉽게 포기한 적이 없어요. 성서에 나오는 솔로몬 왕처럼 일천번제를 드리는 심정으로 내일부터 나와 하윤을 위해 기도해야겠어요."

"그래. 나도 힘닿는 데까지 도울게."

경애는 저녁밥상을 앞에 두고 나와 대화하는 것을 좋아했다.

"오늘도 예배당에 나가 기도했어요. 제 마음을 깨끗하게 해주세요. 흐르는 물처럼 다 품어내고 비워낼 수 있는 마음이 되게 해주세요. 하윤이 마음에도 밝은 빛을 비춰 주세요. 우리가정에 드리운 어두운 장막 모두 걷히게 해주세요. 이렇게 기도하니 마음이 평안해요."

"당신이 이렇게 애쓰고 힘쓰니 좋은 날이 올 거야."

경애가 기도하기 시작한 지 한 달이 지났다. 어느 날 경애는 나에게 이렇게 말했다.

"어쩌면 하윤은 온몸으로 처절하게 울부짖고 있었던 거예요. 진심으로 사랑해 줄 수 있냐고요. 왜 내가 그 애 마음의 소리를 진작 듣지 못했을까요? 기도하는데 계시처럼 그런 생각이 떠올랐어요."

경애의 얼굴에 화색이 돌았다. 경애의 어깨를 무겁게 짓눌렀던 것들이 조금씩 벗겨져 나가고 있는 듯 보였다.

나는 회사일로 일주일정도 일본 출장을 다녀왔다. 경애는 그동안 인사동 화랑에 다녀온 이야기를 나에게 들려주었다.

　경애는 오랜만에 외출 준비를 했다. 따스한 햇살에 마음도 몸도 따뜻해졌다. 지하철을 타고 종로를 지나 인사동에 내렸다. 경애는 그림 가게 앞에서 발걸음을 멈추고 위탁 화가들의 미술 작품을 살펴보았다.

　경애는 한 그림 가게 문을 열고 들어갔다. 햇살 가득한 정원에 과실수 열매가 주렁주렁 달린 작은 유화그림이 걸려있었다. 경애는 그림을 샀다. 경애는 포장된 유화그림을 품에 안고 집으로 돌아왔다. 경애는 거실 한가운데 과실수 열매 그림을 걸어놓았다. 다음날에도 경애는 인사동에 갔다. 이번에는 하윤의 방에 탐스러운 포도 열매 그림을 걸어놓을 생각이었다. 지난번 그림 가게에서 위탁 화가를 만나 알알이 탐스럽게 익은 포도열매를 풍성하게 그려달라고 부탁했다.

　"그림이 주는 마음의 치유와 안정감이 있지요. 아주머니는 그걸 간파하셨네요? 저는 주로 유화를 그리지만 따님께 줄 그림은 수채화의 투명함을 살려서 그려볼게요."

　"네 감사합니다. 딸애의 마음이 밝고 튼튼해졌으면 해서요."

　그림 이야기를 다 들려주고 나서 경애가 들뜬 목소리로 나에게 말했다.

"여보 우리집 마당에 작은 정원을 아담하게 가꾸고 싶어요. 정원수도 심구요. 열매들이 달리는 유실수도 열두 그루 심고 싶어요."

"왜 그래? 집안의 화초나 잘 가꾸면 되지. 갑자기 정원이며 무슨 과실수 이야기를 하는 거요?"

경애가 생기 가득한 얼굴로 대답했다.

"생명나무 열매를 보고 싶어서 그래요."

나는 무슨 말인지 몰라 어안이 벙벙했다.

"생명나무 열매? 그게 무슨 말이지?"

경애가 말을 이어갔다.

"어제 밤 꿈을 꾸었어요. 내가 천국에 있더라고요. 천국길 가운데 생명수 강이 흐르죠. 강 오른쪽, 왼쪽에 생명나무가 있고요."

나는 밥숟가락을 놓으며 대답했다.

"당신, 보약 좀 지어 먹으면 어때? 나랑 결혼하고 너무 힘들어서 기가 빠진 것 같아. 요즘 자꾸 꿈 이야기를 하니."

경애가 내 말을 듣는 둥 마는 둥 다시 이야기를 이었다.

"열두 가지 열매를 매달 맺는다는 생명나무 열매를 그곳에서 보았어요. 열두 달 내내 열두 가지 열매가 진짜로 달마다 열리고 있더라고요. 그런데 지상에 있는 우리집은 어둑어둑한 거예요. 꿈에서 보니 화초와 정원수와 집 앞 나무들도 다 마르고 시들어 있더라고요. 슬퍼서 막 울었어요."

정기옥 소설

"그런데, 그래서 그게 무슨 상관이지?"

"그러다 깨어났는데 온몸이 땀으로 범벅되어 있더라고요. 아, 하나님은 우리 가정이 천국이 되기를 바라시는구나! 깨달았어요. 생명나무열매 특히 그 나무 잎사귀들이 만국을 치료한다는 말씀을 읽어보며 가슴이 말할 수 없이 벅차오르더군요."

"당신이 그렇게까지 생각했다면 정원 가꾸는 것과 유실수 심는 것 반대는 안할게."

경애의 어조가 자못 진지했다.

"젊은 시절 가정을 꾸리게 되면 생명나무 가지마다 열두 가지 열매를 맺는 가정을 꾸리고 싶다고 기도했었죠. 하지만 결혼한 지 일년만에 교통사고로 남편과 사별하게 되었어요. 아이도 없이 홀로 되었죠. 가정의 열매가 달리기도 전에 내 운명은 꺾여버렸어요."

"그런 상처가 있었군."

"신이 나에게 두 번째 기회를 주셨어요. 두 번째 가정에서 생명나무꽃을 꼭 피어나게 하고 싶었어요."

나는 경애가 인사동에서 사온 싱그러운 포도열매 그림을 하윤이 방에 걸었다. 다행히 하윤은 별 말이 없었다. 경애는 하윤을 볼 때마다 사랑하는 딸이라고 불렀다. 하윤은 얼굴을 찌푸리며 질색을 했다. 경애는 숨을 쉬듯 자연스러워질 때까지 그 단어를 내뱉었다. 나도 하윤의 마음에 다시 봄이 찾아와 밝은 기운이 돋아나길 염원했다.

봄이 되자 경애는 유실수 묘목 파는 화원에 함께 가자고 나에게 말했다.

"생명의 정원을 가꿔 나갈 생각하니 발걸음이 날아갈 듯 가벼워요."

경애가 기뻐하는 모습을 보니 나도 덩달아 기분이 좋아졌다. 집에서 30분 거리에 있는 유실수 묘목 파는 화원에 도착을 했다.

"사장님. 배나무, 감나무, 사과나무, 포도나무, 살구나무, 석류나무, 앵두나무, 자두나무, 보리수나무, 복숭아나무, 대추나무, 뽕나무 주세요."

유실수 묘목에 물을 주던 화원의 사장이 등을 돌려 경애를 바라보았다. 갑자기 뛰어들어와 숨 넘어 갈듯 말하는 경애를 보더니 그는 큰 웃음을 터뜨렸다.

"아주머니. 뭐가 그리 급해요? 누가 쫓아와요? 어째 그리 속사포 말씀을 하신대요? 그 많은 유실수들을 도대체 어디에 다 심을 라고요?"

"우리 집 정원에 심으려고요. 철마다 열리는 열매를 보면서 생명 기운이 샘솟는 집으로 만들어 갈 거예요."

경애는 붉은 석류열매 앞에서 알알이 박힌 석류 알을 하나집어 입안에 머금었다. 나는 춤추듯 화원을 이리저리 다니며 구경하는 경애에게 말했다.

"진짜 나도 진심으로 사랑해 줄 수 있어? 나에겐 당신 자체가 열매야."

화원 앞 봄을 알리는 꽃들의 미소가 하윤의 미소로 보였다. 나는 정감어린 표정으로 경애를 쳐다보았다. 경애의 얼굴에도 화사한 웃음이 피어났다. 하얀 나비 한 마리가 날아와 화원의 활짝 핀 꽃 위에 내려앉았다. ✿

돌을 든 여인

"꿈속에서 큰 돌덩이를 머리에 이고 있는데 남편이 나타나더니 돌덩이를 번쩍 들어 치워 주더만. 내 등짝에도 돌 한 짐을 지고 있는데 큰 아들이 나타나서 그 짐을 내려 주고요. 그래도 내가 두 손에 쥔 돌멩이를 꽉 움켜쥐고 안 놓고 있으니께 눈이 부실 정도로 하얀 옷을 입은 젊은 양반이 내 곁에 와서 그 돌을 대신 가져가는 거 아니겠수."

"아! 하얀 옷을 입은 젊은 양반이 예수님처럼 보였지요?"

목사가 물었다.

돌을 든 여인

늦은 밤, 정순은 수심이 가득한 얼굴로 새신랑 순성을 바라보았다.

"당신도 끌려가면 어쩌지요?"

순성이 정순의 어깨를 가만히 끌어당기며 안심시켰다.

"괜찮을 거여. 나는 삼대독자고. 눈이 나빠 저번 징병검사 때도 떨어졌으니께."

정순이 결혼한 그 이듬해 여름, 6·25전쟁이 터졌다. 중무장한 북한인민군이 정순이 사는 마을까지 쳐들어온다는 흉흉한 소문이 퍼졌다. 정순은 갓 결혼한 남편이 전쟁터에 끌려갈까 두려웠다. 집안일을 하다가도 인기척만 나면 손이 떨리고 가슴이 옥죄었다.

새신랑 순성은 정순을 아껴주었다. 동그란 얼굴에 하얀 피부, 짙은 반달 눈썹, 큰 눈망울을 가진 참한 성품의 정순과 함께 있노라면 순성은 세상을 다 가진 기분이었다.

"여보. 집 앞 살구나무에 살구가 주렁주렁 열렸더라고. 왕살구 따왔어. 어머니 보기 전에 어서 먹어."

북한인민군은 낙동강까지 진격하는데 채 세 달이 걸리지 않았다. 한반도가 붉게 물들어 가고 있었다. 국군이 한없이 밀리고 있을 때에 맥아더 장군의 인천상륙작전이 시작되었고 가을이 되니 북한인민군으로부터 서울을 다시 되찾았다는 소식이 전해졌다. 순성은 조용한 미소를 지으며 정순을 달랬다.

"설마 이 시골 마을까지 인민군이 오겠어?"

정순도 잠시 불안한 마음을 놓았다. 그러나 겨울이 오자 북진했던 연합군은 중공군의 개입으로 후퇴하기 시작했다는 소식이 들려왔다. 중공군의 총알받이 인해전술을 당해낼 수가 없었던 것이다.

한겨울 추위가 기승을 부리던 어느 날 저녁, 시아버지가 아들 며느리를 안방으로 불러들였다.

"아범하고 애기야. 내 말 잘 들어. 인민군이 쳐들어오면 우리식구들 다 몰살당하니께, 애기 너는 산달도 다가오니 아범이랑 먼저 친정으로 가거라. 우리는 여기서 상황을 볼 테니."

정순이 친정으로 떠나는 날 겨울 한풍이 살을 에이 듯했다. 정순은 시름에 잠긴 시부모를 뒤로 하고 순성과 함께 걸음을 재촉했다. 순성은 등에 단단히 짐보따리를 맸다. 정순의 친정으로 향하는 피난길은 북새통이었다. 사람들은 소달구지에 세간 살림을 다 매달고 나온 듯했고, 추위에 얼어붙은 얼굴에는 극도의 공포감이 맴돌고 있었다. 정순의 친정 동네로 가려면 강을 건너야 했다. 강바닥은 제법 수심이 깊었다. 매서운 눈바람이 휘몰아쳤고 등짐보따리를 한가득 진 사람들은 줄을 서서 쪽배를 기다렸다. 하지만 줄은 이내 무너졌다. 생사의 기로에 선 사람들은 배만 오면 너도 나도 먼저 배를 타려고 아우성이었다. 작은 배는 발 디딜 틈도 없었다. 한겨울 얼어붙은 강 위로 배가 힘겹게 앞으로 나아갔다. 정순과 순성은 배 한 구석에 겨우 자리를 잡았다. 순성은 배부른 정순을 자신의 두 팔로 감싸 안았다. 얼마 후 배는 작은 포구에 도착하였다. 배에서 내린 정순과 순성은 한참을 걸어 친정집 싸리문을 열고 들어섰다.

"어머니 저 왔어요."

부엌 가마솥에 군불을 지피고 있던 정순의 어머니가 깜짝 놀라 뒤를 돌아보더니 이내 마당으로 뛰어나왔다. 어머니의 목소리에 애끓는 모정이 묻어 나왔다.

"오메! 정순이 아니여. 이게 꿈이여. 생시여."

순성도 등짐보따리를 내려놓으며 인사를 했다.

"어머니. 잘 계셨지유?"

"자네도 어서 오게나."

친정어머니는 두르고 있던 앞치마로 흘러내리는 눈물을 닦은 뒤 뒤꼍에서 키우던 씨암탉을 잡았다.

"정순이 네 배를 보니 둥글넓적한 게 아들이다. 잘 먹어야 한다. 다른 생각 하지 말구 네 몸만 생각햐."

친정어머니는 순성에게도 신신 당부를 하였다.

"자네도 이 애가 순산하기까지 잘 돌봐주게나. 지금은 그게 최선이여."

"네. 어머니 걱정하덜 마세유. 지가 잘 돌볼 테니께유."

그 밤 친정 마당에서 올려다 본 겨울 밤하늘은 눈이 시리도록 별이 총총했다. 사위는 고요했다. 순성과 정순은 손을 마주잡고 위태로운 하루하루가 어서 평온해지기만 빌 뿐이었다. 가끔 하늘에 폭격기가 지나갔다. 그럴 때마다 정순의 가족은 집안에서 미동도 않고 숨을 죽였다. 친정에 온 지 어느 새 네 달이 지났다. 세상은 총질이 난무한데 자연만물은 여전했다. 봄의 생동하는 기운이 사방에서 올라오고 있었다. 정순은 사월 초입에 첫 아들을 낳았다. 밤을 새워 진통하는 정순 옆에서 순성은 어쩔 줄 몰랐다. 순산만 하게 해달라고 하늘에 빌고 빌었다. 전쟁 통에 생명이 태어난다는 것은 처절한 운명이었다. 그래도 새 생명의 탄생은 집안의 어두운 공기를 다르게 만들었다. 첫 아들을 본 순성은 천하를 다 얻은 것 같이 기뻤다. 순성은 싸리문 앞에 숯과 고추를 새끼에 엮어 정성스레

달았다. 첫 아들은 정순과 순성의 좋은 점만 닮아 태어난 것 같았다. 머리숱은 **빽빽한** 숲처럼 시커멓고 눈썹도 초승달 그려놓은 듯 예뻤다. 콧망울도 또렷한 것이 백일이 지나자 아이는 이목구비가 흠잡을 데 없이 튼실했다.

"여보! 먹고 싶은 것 있으면 다 말혀. 내가 뭐든 구해다 줄 테니."

순성은 지게를 지고 나가 산속에서 칡뿌리를 캐오기도 하고 어쩌다 운 좋게 작은 산삼도 캐왔다. 순성은 아내에게 좋은 것만 먹이고 싶었다. 농사일도 거들고 겨울에는 새끼를 꼬아 가마니를 짜면서 처가에서 일 년을 지냈다. 순성은 겨울에 한가한 틈틈이 사랑채에 앉아 종이와 연필로 아들의 커가는 모습을 스케치했다. 오롯이 아들의 얼굴을 들여다보며 연필로 아들의 모습을 그리는 시간이 그에게는 가장 행복한 순간이었다.

친정에서 전쟁의 화를 간신히 피한 정순 부부는 품속 아이가 두 살이 되었을 때 다시 본가로 돌아왔다. 마을은 그대로였으나 젊은 남자들은 전쟁터로 차출되어 갔다고 했다. 이웃집 아주머니는 아들의 전사 통지서를 받아들고 실성하여 누워 있었다. 불행의 한가운데에 있는 이들을 보면서 순성은 자신의 행운에 감사했다. 한편 전쟁터로 끌려나간 젊은 청년들의 이야기를 들을 때마다 순성은 죄인이 된 기분이었다. 그런 마음을 아는지 모르는지 첫 손자를 본 시아버지는 아이를 품에 안고 덩실덩실 춤을 추었다.

정기옥 소설

"아가야. 고생 많았다. 대를 이어줘서 고맙구나!"

정순이 시집오니 시어머니의 나이는 서른여덟 살이었다. 정순보다 스무 살이 많았다. 시어머니는 애지중지하던 큰아들 순성을 며느리에게 빼앗겼다며 노골적으로 정순을 적대시했다. 더구나 자신의 남편마저 며느리를 어여삐 여기는 게 못마땅했다. 정순이 친정에서 돌아오니 젊은 시어머니는 배가 남산 만하게 불러 있었다. 푸르스름한 달빛이 아직 남아있는 새벽녘 아기에게 젖을 물리고 곤하게 자고 있는 정순의 방문 앞에서 귀청을 울리는 시어머니의 카랑카랑한 목소리가 들렸다.

"시에미가 배가 불러 있는디 빨랑빨랑 밥 안하고 여태 자냐. 얼른 일어나 아침밥하고 군불 때야제."

남편과 큰 아들의 호의가 며느리 정순에게 향하자 시어머니의 질투가 폭발했다. 시어머니의 불호령에 정순은 젖을 물리다 말고 포대기로 급히 아들을 들춰 업고 부엌으로 나갔다. 입으로 군불을 호호 불어 지피며 가마솥에 밥을 하려는데 정순의 아이는 빽빽거리며 젖 달라고 목청껏 울었다.

"어머니. 애기 젖 좀 물리고 밥상 차릴 께유."

"뭔 소리다냐. 애기 들춰업고 어른 밥상부터 차려야제. 애어른도 없냐. 너는?"

시어머니의 득달 같은 성화에 아기는 정순의 등에서 울다 지쳐

잠이 들었다. 겨우 밥상을 차리고 정순은 방으로 들어가 젖가슴을
풀어 제치고 아들에게 젖을 물렸다. 배가 고팠던 아기는 정신없이
정순의 젖을 빨았다.

"야. 며늘아. 시아버지 밥상 물린다. 어서 설거지 하거라. 왜 이
리 게올러터지냐?"

시어머니는 밥숟가락 내려놓기 무섭게 또 며느리를 독촉했다. 그
녀의 눈엔 며느리의 모든 행동이 밉상이었다. 정순만 보면 심사가
뒤틀리는 듯했다.

"밥 좀 먹고 치울 께유."

"야가 어디서 말대답이여. 얼른 치워. 빨리 상 내가라니께."

정순은 애기를 등에 업고 부엌으로 상을 들고 나오다 그만 문지
방에 발이 걸렸다. 그릇 깨지는 요란한 소리에 시어머니가 부른 배
를 내밀며 냅다 문을 열어 제쳤다.

"살림 다 깨부수고 잘한다 잘혀. 어쩔거여. 저걸."

정순은 자신의 처지가 비 맞은 헌신짝 같아 서러운 눈물을 하염
없이 쏟았다. 친정에서는 상상조차 할 수 없던 시집살이였다. 시어
머니의 매서운 한 마디 한 마디가 가시처럼 정순의 가슴을 후볐다.
시어머니는 두 달 뒤에 아들을 낳았다. 정순은 시어머니의 산후조
리 시중을 거드느라 밥이 코로 넘어가는지 목으로 넘어가는지 몰
랐다.

정기옥 소설

"애 젖 좀 물려라. 노산이라 젖이 부족한지 잘 안 나오네."

"그래도 시동생인디유. 망측해유."

"뭔 말대꾸여. 그럼 시동생을 굶겨 죽이겠다는 거여? 시에미 말이 우스우냐?"

정순은 시어머니에게 삼시세끼 미역국 끓여 바치랴, 시동생에게 젖 물리랴 하루가 어찌 가는지 통 정신이 없었다. 아들은 배고파 울어도 뒷전으로 밀리고 시어머니 불호령이 무서워 혼이 나간 듯 하루를 보냈다.

"어머니 진지 드셔유. 미역국 끓여 왔어유."

"아니 이 걸 국이라고 끓였냐. 왜 이리 싱겁고 멀떡국이여? 넌 간 하나도 못 맞추냐."

시어머니는 정순이가 하는 일을 하나부터 열까지 트집 잡으며 못마땅해 했다. 사사건건 시비조였다. 시어머니 앞에서 속수무책으로 당하는 정순의 눈에서 눈물이 마를 날이 없었다. 친정을 떠나오던 날 친정어머니가 당부하던 말이 떠올랐다.

'정순아. 너는 그 집 귀신이 되어야 하는 거여. 알았냐?'

고된 시집살이는 정순의 마음을 병들게 했다.

'시어머니가 빨리 죽었으면 좋겠어.'

정순은 아궁이에 군불을 때면서 겨우 누룽지 한 숟가락을 목으로 넘겼다. 곱던 얼굴이 검어졌고 몸은 점점 더 말라갔다. 동네 빨래터에서 아주머니들과 마주치면 모두 한마디씩 했다.

"새댁. 얼굴이 많이 상했어. 이게 뭐여. 비쩍 말라서 젖이나 나오겠어?"

또 한 해가 지났고 여름이 되었다. 전쟁터에서 살아 돌아온 젊은이들은 마을로 돌아왔다. 전쟁의 상흔 속 일상은 다시 시작되었다. 시어머니는 겨울이면 동네 아주머니들과 뜨뜻한 아랫목에 앉아 잡담하는 것이 일과였다. 여전히 시동생에게 젖을 물리고 똥 귀저기를 갈아 주고 목욕시키는 일은 정순의 몫이었다. 정순의 마음속 맺힌 한이 남편에게로 향했다. 새 신부일 때의 그 수줍음은 어느 때부터인가 연기처럼 사라지고 울화가 올라와 불 땐 가마솥 물처럼 끓었다.

"여보. 말 좀 해봐유. 내가 이 집에 종년으로 왔어유? 속에 천불이 나서 숨을 쉴 수가 없다구유."

"좀 참아봐. 어쩌겠어."

"참는 것도 한두 번이지유. 어머니가 사람을 달달 볶아대는 걸 보면서도 그런 소리가 정말 나온데유?"

"그래서. 어쩌란 말이여?"

"뭐라구유?"

믿었던 남편에게서조차 위로를 받지 못하니 정순은 캄캄한 나락으로 떨어지는 것 같아 밥상을 앞에 놓고도 입맛이 없어 먹지를 못했다. 순성은 정순과 어머니 사이에서 이러지도 저러지도 못하고 눈치만 보았다. 순성의 마음에 그늘이 지고 있었다. 성실하던 순성이 동네 술집을 드나들기 시작했다. 해가 지고 한참이 되었는데도 순성이 오지 않고 있었다. 낮에 재잘거리던 새들이 둥지 안으로 날개를 파묻고 사방은 고요했다. 캄캄한 밤 정순은 싸리문 밖을 내다 보아도 순성의 그림자는 보이지 않았다. 벌써 며칠째 순성은 얼굴이 벌게지도록 술에 취해 비틀거리며 집으로 돌아왔다. 안개에 갇힌 듯 답답한 마음을 풀어 놓을 수 없었던 순성은 일주일에 한번 마시던 술을 어느 날부터 하루도 거르지 않고 마셨고 동네 주막에 가는 날이면 고주망태가 되었다. 싸리문 밖에서 순성의 혀 꼬부라진 노래 소리가 점점 가까이 들리면 정순은 깊이를 알 수 없는 막연한 공포가 몰려왔다. 순전하게 아내를 아껴주며 자상스럽게 대하던 이전의 순성이 아니었다.

"이 여편네가 어머니 비위도 하나 못 맞춰. 이젠 남편까지 무시해."

오른손에 든 술병의 술을 벌컥 들이키며 저벅 저벅 문지방을 넘어서는 순성의 발자국 소리가 들리면 정순은 가슴이 쿵쾅거렸다.

"마누라가 말이여. 어째 그리 꿔다놓은 보리자루여? 서방이 와도 몰라보고 모른 체 해? 당최 기집년다운 맛이 있어야 살 맞대고 사는 맛이 나지."

예전의 아내를 극진히 아끼던 순성의 모습은 간 데 없어지고 술이 들어가면 완전히 딴 사람이 되었다. 어머니와 아내, 두 여자 사이에서 이러지도 저러지도 못하는 그의 분노는 술기운으로 치솟았다.

"술주정 그만하고 빨리 잠이나 자랑께요. 애들 놀랜다니께!"

정순은 최대한 남편의 비위를 안 건드리려 목소리를 낮췄다. 하지만 그녀의 속은 시커멓게 썩어 들어가고 있었다. 하루가 멀다 하고 술에 찌들어가는 순성에게 정순도 지쳤다. 정순은 이 모든 것이 시어머니 때문이라 생각했다. 시어머니에 대한 증오심은 딱딱한 돌덩이가 되어 그녀의 가슴에 단단히 박혀버렸다.

추운 겨울날 주막집에서 또 술타령을 하고 있는지 순성이 새벽까지 집에 들어오지 않는다. 정순은 비몽사몽 깜빡 잠들었다가 애기에게 젖을 물렸다. 눈을 떠보니 새벽 다섯 시. 밖은 아직 깜깜했다. 매서운 바람이 문풍지를 서럽게 울리며 지나가고 있었다.

"큰일 났유! 아주머니. 얼렁 나와 봐유. 순성이가 길바닥에 쓰러져 있는데 숨을 전혀 안 쉬는구만유."

옆집 남자의 천둥치는 목소리에 정순은 꿈인지 생시인지 벌떡 일어섰다. 정순은 사랑방 문을 열어 제치고 버선발로 뛰어나갔다. 싸리문 앞에는 이웃집 아저씨가 혼이 나간 사람마냥 서 있었다. 시아버지와 시어머니도 연달아 뛰쳐나왔다.

"뭐라고? 우리 순성이가 뭐?"

시어머니의 외마디 소리에 정순은 머릿속이 하얘졌다.

"뭐여? 우리 순성이가 어디 쓰러져 있다는 거여?"

평소 과묵하던 시아버지도 혼비백산하여 외쳐 물었다.

"주막집에서 같이 술 먹고 걸어오다가 저는 집으로 갔어유. 새벽에 소피를 보려고 변소간으로 나오는디 아 글씨 집에 들어간 줄 알았더니 우리집 담벼락 밑에 순성이가 쓰러져 있지 뭐여유!"

"이게 뭔 소리당가! 내 눈으로 보기 전에는 믿어지지가 않으니어서 가보세."

시부모와 정순은 이웃집 앞으로 어둠을 헤치며 내달렸다. 순성은 새하얀 눈밭에서 두 손을 가지런히 모으고 마치 하얀 솜이불이라도 덮은 듯 마냥 평온한 모습이었다. 춥고 쓸쓸하게 그가 거기 누워있었다.

"아이고, 이놈아! 이게 무슨 일이라냐."

시아버지의 눈에서 굵은 눈물이 뚝뚝 떨어졌다. 온기 가득했던 순성의 몸은 휘몰아치는 눈밭에서 차갑게 식어 있었다. 정순은 말문이 막히고 정신이 아득했다. 망연자실한 정순을 향해 갑자기 시어머니가 돌아섰다. 시어머니의 단말마 같은 말이 적막한 공기를 갈랐다.

"네 이년! 아범은 찬바람에 죽어가는 줄도 모르고 뜨뜻한 아랫목에서 퍼질러 잠이 오더냐? 아이고! 원통하고 분통해서 내가 살 수가 없구나."

시어머니는 정순의 머리채를 잡고 마구 흔들어댔다. 정순의 뺨에서 불이 번쩍 났다. 시어머니는 날선 악다구니로 정순의 마음을 갈가리 찢어 놓았다.

"이년아. 남편 잡아먹은 년! 네가 죽어야지 왜 내 아들이 죽어. 아이구! 원통해서 살 수가 없네. 순성아. 나도 데려가라. 으흐흐흑."

괴성을 지르며 나뒹구는 시어머니의 기에 눌려 정순은 미동조차 할 수 없었다. 하얗게 질린 얼굴로 정순은 평안히 눈밭에 누워 있는 순성을 가만히 내려다보았다. 그가 마치 금방이라도 일어나서 옷을 툭툭 털고 집으로 돌아가자고 할 것만 같았다.

정신없는 며칠이 지났다. 순성의 갑작스러운 죽음이 실감나지도 않을 뿐더러 믿어지지도 않아 정순은 제대로 슬퍼할 새도 없었다. 장례를 치루고 나니 그제야 정순은 막다른 낭떠러지에 홀로 서 있는 자신이 보였다. 남편이라는 울타리가 무너지자 겨울 허허벌판 추웠던 전쟁통 피난길의 운명이 다시 반복되는 듯 정순의 마음은 검은 숯덩이가 되었다. 바위처럼 단단히 언제나 그 자리에서 가족을 지켜낼 줄 알았던 순성이 이젠 세상에 없었다.

'줄줄이 딸린 어린 자식들을 어떻게 키워 나가야 하는가……'

정기옥 소설

정신 줄을 겨우 잡고 정순은 젖무덤을 풀어헤쳤다. 이제 갓 돌이 지난 막내아들에게 젖을 물렸다.

순성의 죽음 이후 정순을 향한 시어머니의 횡포는 점점 더 심해 졌다. 툭하면 우악스러운 손으로 그녀의 머리채를 잡아쥐고 흔들 었다. 들일과 밭일은 모두 정순의 몫이었다. 그날도 시부모 밥상 차리고 아이들 밥 떠먹이고 겨우 밥 한 수저 떠서 입으로 가져가려 는 찰나였다.

"남편 잡아먹은 년! 목구멍으로 밥이 넘어 가나?"

또 다시 시어머니의 히스테리가 시작되었다. 정순은 그동안 억누 르고 억눌렀던 분노가 폭발했다.

"내가 왜 남편을 잡아먹어유? 엄니도 할 말이 있고 안할 말이 있 지유. 그게 말이라고 한대유?"

시집와 처음으로 시어머니에게 말대꾸를 했다.

"네 년이 남편도 잡아먹더니 이제 시어미까지 잡아먹으려 하는 거여? 어디서 말대답이여? 친정에서 그렇게 가르치더냐?"

어떻게든 이 집에서 살아남아야 했다. 시어머니에게 꼬투리 잡히 지 않으려면 처신을 조심하는 도리밖에 없다는 생각이 정순의 뇌 리에 스쳤다. 시어머니 앞에서 그 다음부터는 입을 다물고 무조건 순종했다. 정순은 타고나길 부지런했다. 잠시도 몸을 가만히 두지 않고 움직였다. 손재주도 좋아서 바느질도 곧잘 하였다.

"어머니. 모시적삼 만들었어유. 입어 보세유."

"아버지 것도 기왕이면 하나 더 만들든지."

시어머니는 탐탁지 않은 말투였으나 만족한 얼굴이었다. 정순은 재봉틀을 하나 사들여 아이들 옷도 만들어 입혔다. 정순의 꼼꼼한 바느질 솜씨는 타고난 데다 재봉틀을 매일 돌리다 보니 솜씨는 점점 늘어갔다.

"아주머니! 제 옷도 하나 만들어 주셔유."

동네 사람들이 정순에게 바느질을 맡기기 시작했고 옷을 만들어 달라고 하는 사람들이 늘어갔다. 정순은 동네 아주머니들로부터 옷을 부탁 받으면 밤낮으로 재봉틀을 돌렸다. 바느질 솜씨 소문이 퍼져나갔고 일감은 계속 들어왔다. 정순은 바느질로 모은 삯을 차곡차곡 저축했고 악착 같은 생활력을 발휘하여 아이들을 키워나갔다. 모은 돈으로 밭도 조금씩 샀다. 꼬투리 잡을 게 없는 정순의 태도에 시어머니의 괴롭힘이 줄어들었다.

정순은 아이들이 애비 없이 자라 막되어 먹었다는 소리는 듣기 싫었다. 아이들에게 예의범절을 엄격하게 가르쳤다. 고등학교를 마치고 시험을 쳐서 면서기가 된 정순의 큰 아들이 또래보다 일찍 장가를 들었다. 며느리는 이웃동네 홀로 사는 촌부의 딸이었다. 큰 아들이 연애를 한 것이었다.

"그 집 아들 셋은 어디 내놓아도 흠잡을 데가 없어유. 특히 큰 아들은 동네 자잘한 데까지 신경써주니 고맙기가 말할 데 없구만유. 혼자서 고생스레 애덜 잘 키웠유."

동네 사람들은 정순의 아들 셋을 흡족해했다. 이런 듬직한 큰 아들을 며느리에게 너무 일찍 빼앗긴 것 같아 정순은 노을 저무는 하늘을 볼 때면 가끔 쓸쓸하고 허전했다. 남편도 죽고 큰 아들이 가장 의지가 되었는데 며느리에게 보물을 강탈당한 기분이었다. 그제야 정순은 남편이 살아있을 때 며느리인 자신을 질투하던 시어머니의 심정이 이해되었다.

어느 해 여름이었다. 어둑해질 저녁 무렵 장대비가 세차게 내렸다. 갑자기 면사무소 직원이 정순의 집으로 헐레벌떡 뛰어들어왔다. 그는 제대로 말을 못했다.

"아주머니! 저기…… 저기……."

정순의 몸이 떨리기 시작했다. 무슨 변고라도 일어난 것인가 싶어 심장이 튀어나올 것 같았다.

"뭔 일이당가."

"저기 아주머니. 큰 아드님이……."

"우리 아들이? 뭐가?"

"저기 큰 아드님이 트럭에 치었어유."

남편이 갑자기 죽었던 날이 정순의 뇌리에 떠올랐다. 정순의 머릿속이 암전되더니 온몸에 소름이 돋았다. 영혼이 한 줄기 연기처럼 빠져나가는 듯했다. 깜깜한 흑암 속 보이지 않는 진흙구덩이에 발이 빠진 것처럼 정순은 단 한 발자국도 움직일 수 없었다.

겨우 정신을 가다듬고 정순은 병원으로 향했다. 정순의 큰아들은 온몸이 으스러져 병원 중환자실에 처참한 모습으로 누워 있었다. 정순은 아들을 차마 똑바로 볼 수가 없었다. 하늘이 무너지고 땅이 꺼져내렸다.

중환자실에서 생사를 오고가던 정순의 아들이 숨을 거두었다. 정순은 눈물도 다 말라 더 이상 울 힘도 없었다. 정순의 큰 아들이 결혼한 지 10년째 되는 해였다. 새파랗게 젊은 서른 두 살의 젊은 아내와 줄줄이 어린 자식들을 남겨 두고 그렇게 정순의 큰 아들은 허망하게 저 세상으로 가버렸다. 정순은 남편이 죽었을 때보다 더 큰 충격에 휩싸였다.

아들을 허망하게 보내고 몇 달은 밥 한 숟가락 뜨는 것조차 힘이 들었다. 그래도 산 사람은 살아야 했다. 젊은 며느리와 줄줄이 손자손녀들이 정순의 눈에 들어 왔다. 며느리 또한 넋이 나간 표정이었다. 그런 며느리가 처음에는 가여웠다. 그러나 가장 의지하던 큰 아들을 허망하게 보낸 정순의 마음속에 알 수 없는 분노가 스멀스멀 솟아났다. 그 독화살은 점차 며느리에게 투사되기 시작했다. 정순은 어느새 시어머니의 모습을 그대로 답습하고 있었다.

"야, 애미야! 너는 애새끼들도 제대로 씻기지 않고 지금 뭐하는 거여. 누가 보면 애비 없는 자식이라고 욕할 거 아니여. 정신 똑바로 차리고 살아도 모자랄 판에. 너, 시에미 말 무시하지 말고 이제부터 잘 들어. 네 새끼들 깨끗하게 씻기고 먹이고 정성들여 키워. 안 그러면 내가 가만있지 않을 테니께."

정순은 이참에 며느리의 기를 확실히 꺾어 놓고 휘어잡을 생각이었다. 혹여 딴마음이라도 먹고 남정네하고 엉뚱한 짓을 저지를지도 모른다는 불안감이 그녀의 마음을 찬바람 몰아치듯 휘어 감았다.

"난 평생에 외간 남자랑 손 끝 한번 스치지 않고 살아왔다. 괜히 사람들 입방아에 오르내리지 않도록 행실 조심 혀!"

"어머니. 올망졸망 어린 자식들 키우기 바쁜데 무슨 딴 마음을요."

정순은 이른 아침부터 부엌에서 한겨울 추위를 녹이느라 가마솥에 물을 끓이고 있었다. 이때쯤이면 일어나서 밥을 해야 하는 며느리가 기척이 없었다.

"뭔 잠을 이렇게 오래 잔다냐. 게을러 터져 가지고서는. 그만 일어나라!"

정순은 며느리의 사랑방 문 앞에서 냅다 소리를 질렀다. 그래도 인기척이 없었다. 막내손자라도 기척을 해야 하는데 이상한 생각이 들었다. 정순은 사랑방 문을 열어 재꼈다. 아무도 없었다.

"어쩐 일이라냐? 아침 일찍부터 동네를 싸돌아다니고 있는 거여 뭐여. 정신 사납게 밥도 안하고 애를 들쳐업고 어디를 간겨?"

정순은 혼자 말을 중얼거리며 다시 부엌으로 나왔다.

"시어미한테 대드는 거여 뭐여. 나더러 쌀 씻어 아침 밥하라는 거여? 못된 년."

가마솥에 보리랑 섞은 하얀 쌀을 씻어 부었다. 그날따라 보리쌀이 더 많이 섞여서 하얀 뜨물이 거무죽죽하였다. 정순은 안방에서 곤히 자고 있는 손주들을 깨웠다.

"야그들아, 일어나라! 큰 애는 동네 가서 네 엄마 찾아봐라. 왜 여태 안 온다냐. 시에미가 밥 다 차렸으니께 며늘년 와서 밥 먹으라고 일러라."

정순은 밥과 반찬 몇 가지를 상에 차려서 아이들과 한 숟가락 입에 떠 넣었다. 그때였다. 이른 아침 댓바람을 일으키며 옆집 말쟁이 순이 엄마가 가쁜 숨을 헐떡거리며 싸리문을 열고 빠른 걸음으로 들어왔다.

"아주머니. 이럴 때가 아니유. 큰일이 벌어졌당께유."

"아니 웬 호들갑이여!"

"글쎄 말이유, 글쎄……."

"아니. 말을 하랑께. 뭐가 글쎄여."

"이집 며느리가 홀애비 철진이와 야반도주를 했다는군요."

순이 엄마는 숨넘어가는 소리로 겨우 말을 뱉었다.

"시방 뭐라고 했유? 뭐 야반도주? 우리 며느리가?"

"그렇다니께유! 아랫녘 철진이네 집이 텅 비었다니께유. 둘이 도망쳤다고 동네 사람들이 수군수군 난리가 났어유."

정순은 냅다 사랑방으로 달려갔다. 농짝을 열어 보았다. 덩그러니 보자기가 놓여 있다. 부들거리는 손으로 보자기를 풀었다. 보자기 안에 들어있는 바구니에 편지가 놓여 있었다. 며느리의 글씨였다. 남매를 잘 부탁한다며 사고로 불구가 된 막내는 자기가 데려간다는 그런 내용이었다.

정순의 머리 위로 높은 천정이 빙글빙글 돌며 무너져내렸다. 옆집 순이 엄마의 다급한 목소리가 정순의 귓가에서 점점 멀어졌다. 정순은 그만 혼절하고 말았다. 몇 초가 흘렀나, 몇 시간이 지났나. 정신이 아득했다. 어렴풋이 울음소리가 들렸다.

"할머니. 정신 차려!"

"여기가 어디냐?"

어린 손자손녀는 하루아침에 벌어진 소동에 영문을 몰라 멍한 표정으로 마루에 다리를 늘어뜨리고 앉아 있었다.

"잘 들어라, 이제부터 너거들 어미는 없는 거여. 그 미친년이 너거들을 떼어놓고 바람나서 야반도주하였으니께, 이제부터 에미라고 부르지도 말거라."

"할미, 그게 무슨 말이여?"

이제 막 열한 살이 된 큰 손녀가 물었다.

"뭐가 무슨 말이여. 너그들 어미라는 년이 아랫마을 어떤 놈과 눈이 맞아서 도망갔다닝께. 서방 잡아먹은 년이 이제는 새끼들도 다 버리고 도망을 쳤어. 앞으로 할미 듣는 데서 에미 소리는 두 번 다시 꺼내지 말거라. 너거들 알았제?"

할머니의 말이 떨어지기 무섭게 어린 남매는 눈물만 떨어뜨렸다. 며느리가 떠나고 난 뒤 정순의 삶은 하수구에 뒤엉킨 머리카락 같았다. 어디서부터 풀어가야 하나 한동안 정신이 없었다. 동네 사람들은 정순의 뒤에서 자기들끼리 수군거리곤 했다. 정순은 한 많은 시골 생활을 청산하고 싶었다.

'얼마나 시에미가 구박했으면 며느리가 야반도주했을까.'

정순은 가정사가 밥상의 반찬처럼 동네사람들 입방아에 오르내리는 게 싫었다. 전답을 정리했다. 시골집을 팔고 도시로 이사를 했다. 정순은 사춘기에 접어든 손주들이 비뚤어지지 않고 잘 자라기를 바랐다. 도시에서 잘 정착하려면 작은 교회를 나가서 도움 받는 게 빠를 것 같았다. 몇 군데 교회를 둘러보았다. 정순은 집 앞에 있는 가까운 교회로 발걸음을 향했다. 정순의 바람대로 평화롭게 몇 년이 흘렀다.

어느 날 교회에 홀아비 할아범이 전도 받아 나왔다. 사교성 좋은 그 할아범이 예배를 드리고 나서 반갑게 인사한다고 정순의 손을 잡고 악수를 했다.

"안녕 하셔유? 앞으로 잘 부탁드려유."

"아니 언제 나를 봤다고. 손을 잡는 대유. 잡기를!"

정순은 인사에 화답하기는커녕 냅다 뿌리치며 질겁했다. 정순의 갑작스러운 행동에 무안해진 할아버지는 당황한 표정으로 정순을 쳐다보았다.

"나는 일평생 단 한 번도 외간남자랑 손잡아 본적 없어유. 망측해라! 어디서 감히 내손을 잡는다냐?"

머쓱해진 할아범이 정순의 눈을 피했다. 이내 자신의 손을 허리춤 뒤로 감추며 교회 식당 쪽으로 향해 내려갔다. 그의 등 뒤에 대고 정순이 고래고래 고함을 질러대었다.

"뭐 저런 영감탱이가 있어! 감히 나를 뭐로 보고. 내가 두 번 다시 이 교회 나오나 봐라."

정순의 깊은 곳에서 쓴 물이 올라왔다. 남편 죽은 한의 큰 돌덩어리 하나, 아들을 졸지에 잃은 더 큰 돌덩어리 하나, 며느리가 바람 나서 도망간 일들이 주마등처럼 정순의 뇌리를 스쳐지나갔다. 정순은 마음 깊숙이 켜켜이 박혀있던 큰 돌덩어리들을 아무에게나 던지고 싶었다.

"할머니. 무슨 일이여?"

멀찌감치 서 있던 손녀딸이 다가오며 새파랗게 질린 할머니의 안색을 살폈다.

"내 한 평생 깨끗하게 살아왔는데 송충이 같은 놈이 어디서 감히."

"할머니! 인사하느라 그러신 거겠지."

손녀가 달래도 정순은 막무가내였다.

"이것이 어디서 키워준 할미를 우습게 알고 누구 역성을 드는 거여? 내가 단단히 말하는디 절대 남자랑 결혼 전까진 손도 잡지 마."

정순은 한바탕 난리 법석을 부렸다. 어느 누구말도 귀에 들리지 않았다. 분을 삭이지 못한 정순은 씩씩거리며 손녀딸 손을 잡아끌고 교회 문을 박차고 나갔다. 다음날 목사한테서 전화가 왔다.

"마음 많이 상하셨지요."

"그 영감탱이 내 앞에 데려다 놓으세요. 무릎 꿇고 사과하지 않으면 다시는 교회 안 나갈 테니께. 그리 아셔유."

"오해 푸셔요. 그분은 반가운 마음에 악수하려고 손을 잠깐 잡은 거래요."

"나를 언제 봤다고? 나는 일평생 남정네랑 손잡아 본 적 없어유. 우리 손녀딸도 교육 단단히 시키며 여태 키워왔구만유. 어디서 감히."

정순은 맺힌 분노를 목사를 상대로 쏟아놓았다.

"이제부터 교회고 뭐고 끝이니께. 그리 아셔유."

목사는 이래저래 달래 보았으나 정순의 고집을 꺾을 수 없었다. 그렇다고 마음먹고 처음 교회에 나온 할아버지에게 당치 않은 죄를 씌우고 정순에게 무릎 꿇으라 할 수도 없었다. 목사는 그날부터 금식하며 기도했다.

그렇게 반년이 흘러간 어느 주일에 사람들이 웅성거린다.

"어머나. 반가워요. 오랜 만에 교회 오셨네요."

정순이 예배당에 들어서며 쑥스러운 듯 빙긋이 웃는다.

"그냥 용서하고 살아야지 어쩌겠수."

"잘 생각하셨어요. 다시 오시니 얼마나 좋아요."

"얼굴에서 하얀 광채가 빛나는 분이 꿈에 나타나 용서하라고 말씀하더라니께. 그래서 내가 다시 교회에 왔지 뭐유."

"꿈에서 그분이 뭐라고 말씀하던가요?"

"꿈속에서 큰 돌덩이를 머리에 이고 있는데 남편이 나타나더니 돌덩이를 번쩍 들어 치워 주더만. 내 등짝에도 돌 한 짐을 지고 있는데 큰 아들이 나타나서 그 짐을 내려 주고요. 그래도 내가 두 손에 쥔 돌멩이를 꽉 움켜쥐고 안 놓고 있으니께 눈이 부실 정도로 하얀 옷을 입은 젊은 양반이 내 곁에 와서 그 돌을 대신 가져가는 거 아니겠수."

"아! 하얀 옷을 입은 젊은 양반이 예수님처럼 보였지요?"

목사가 물었다.

"그렇다니께유. 속 썩여서 잘못했어유. 평생 내 머리에, 내 등짝에 이고 진 짐을 남편과 아들이 내려 주니 얼마나 좋아유! 그래도 못 내려놓는 돌멩이 두 개를 꼭 쥐고 있는데 예수님이 와서 내 손을 펴더니 그 돌을 가져가주시니 제가 깨달았시유."

김정순 여사의 얼굴이 맑고 밝았다. 가을날 구름 한 점 없는 청명한 하늘처럼 그녀의 마음도 높고 푸르렀다. ✸

|평설|황충상 소설가, 동리문학원장

문장과 묘사력은 그 소설을 상상하게 한다

문장과 묘사력은 그 소설을 상상하게 한다

불가능한 환경에서 사모 소설가는 창작의 세계를 열어간다. 기도로 출발하는 글쓰기가 그것이다. 그런 만큼 문학의 투명성, 예술성, 주술성을 잘 구사해내기가 참으로 어렵다. 기도의 순정한 틀은 깨고 소설의 틀로 글을 써야 하는데 기도의 틀은 깰수록 하나님의 틀로 남기 때문이다. 그런 줄 알고 아마추어에서 만족하면 된다, 하면서도 그의 작가 근성은 프로를 지향한다. 정기옥 사모 소설가는 프로 근성이 독실한 문학 신자이다. 그 문학 신심으로 쓴 여덟 편의 단편소설이 첫 창작집으로 나오게 된 것이 신기롭다.

문학은 신(神)의 존재도 묻고, 인본(人本)을 외치기도 하고, 샤먼의 주술을 부리기도 하고, 찬송 유행가를 뒤섞어 부르기도 한다. 여기서 결코 자유로울 수 없는 그의 작품은 무슨 이야기를 하고 있는지 소설의 말을 들어보자.

「두 그림자」

부부의 그림자는 서로 바라보며 기뻐 웃고 슬퍼서 울기도 한다. 그런데 이 조화가 불협화음을 내는 경우가 생긴다. 다음 인용은 소설 결말 부분이다. 부부의 그림자가 서로 안고 살다가 어느 한 쪽 그림자가 빠져나가는 현장이다. 이것은 결별, 이혼을 뜻한다. 이 상실의 묘사가 이야기를 소설답게 만들고 있다. 창작의 세계는 이렇듯 독자에게 상상 이미지로 생의 의미를 광의적으로 읽게 한다.

아내가 나의 마음을 읽었다는 듯 말했다.

"후회 없지?"

"응."

"정말이지?"

"응."

아내가 현관에 서서 나를 향해 손을 흔들었다. 아내의 얼굴을 힐끗 보았다. 아내와 처음 만난 날 헤어질 때 풋풋한 미소 지으며 손 흔들던 모습이 오버랩 되었다. 나는 아내의 눈을 처음으로 가만히 응시했다.

"고마웠고 미안했어."

나는 그렇게 아내에게 작별을 고했다. 나는 마음이 더 추워지기 전에 담담한 척 돌아섰다. 몇 발자국 걸어 나오는데 다리가 후들거렸다. 수치심이 몰려왔다. 혼란스러운 감정이 물밀듯 몰려와 다시 뒤를 돌아보왔다. 아내에게서 내 그림자가 빠져 나가고 있었다.

「쉼 카페」

어떤 손님이든 나의 '쉼 카페'에 와서 쉬워가세요. 제 카페는 특별한 위안을 주는 공간이랍니다. 꼭 오셔서 체험해보세요.

나이 든 이가 아기가 되어가는 현상, 치매는 인생의 무서운 아픔 현상을 낳는다. 이 아픔을 지켜보며 함께 아파하는 친족과 이웃 이야기. 카페 주인 또한 아버지의 치매 트라우마 잠재의식을 지니고 산다. 아버지의 그림 세계가 딸과 화해 의식공간이 되고 있음이 아름답다. 특히 치매 여인의 정황을 그린 인용문은 쉼 카페의 현장을 독자에게 상상하게 하는 정서가 깊다. 카페 주인의 마음 거울에 따뜻한 사람의 사랑이 흐르고 있음을 보는 듯 묘사하고 있다.

오후 2시가 되자 그녀가 찾아왔다. 그녀는 화요일이면 카페에 들러 한참을 머물다갔다. 남편과 자식 이야기, 자신의 취미, 젊은 시절 이야기들을 시간이 날 때마다 들려주었다. 어느 날은 나에게 엄마라고도 했다가 또 어느 날은 언니라고도 했다. 나는 그녀가 환한 미소로 말할 때마다 고개를 끄덕이며 맞장구를 쳤다. 어린 시절 소녀감성이 몽클 솟아올랐나 생각했고 그녀의 행동을 대수롭지 않게 지나쳤다. 어느 때는 어릴 적 엄마가 만들어 준 감자떡이 먹고 싶어 만들어 왔다며 나에게 큰

정기옥 소설

언니야 먹어봐 했다. 그녀가 어스름한 저녁까지 카페에서 머물다 갈 때면 그녀의 남편이 퇴근길에 한 번씩 들러 아내를 친구처럼 대해줘 고맙다며 인사를 했다.

「마른 뼈」

소설 핵심을 읽을 수 있는 인용문이다. 아들 잃은 어머니의 아픔이 신(神)을 부정하기까지 헤매다가 가난한 복인으로 정리되는 심성이 처연하다. 죽음은 슬픔이다. 이에서 명상이 깊어지면 죽음이 기쁨이 될 수 있다. '이 마음작용 뒤에 그분이 계신다.' 이 소설은 그렇게 외치고 싶은 것이다. 그렇게 희망의 본향을 그리는 것이 소설이다.

십자가 위 텅 빈 예수 몸 안 뼈들은 부스러져 있었다. 찢긴 살들은 부스러진 뼈 사이로 흘러내리고 있었다. 멈출 수 없는 애통이 설영의 심장 깊이 터져 나왔다. 몇 시간을 울었을까? 사방에서 시원한 바람이 불어왔다. 설영은 눈물을 멈추고 십자가 조각상을 다시 바라보았다. 예수의 처절했던 텅 빈 몸 안, 시공간의 공명을 타고 아이가 보였다. 아이의 다 타버린 몸 마른 뼈와 뼈들이 서로 연결되었다. 마른 뼈 위에 힘줄이 생기고 살이 입혀지고 가죽이 씌워졌다.

「원형감옥」

트라우마 범죄 심리소설이다. 현대인의 정신질환, 현실이 몽상이고 몽상이 현실인 혼돈심리를 그리고 있다. 영혼의 기운이 광기의 울음을 울게 한다. 트라우마의 생이 그렇다.

'살모사 트라우마를 아시나요? 나는 생모도 새엄마도 죽였어요. 이 살모사 트라우마를 벗고 자유하고 싶습니다. 그럴 수 있을까요? 빛의 소리를 듣고 싶습니다. 사형수로 죽어 영원한 천국 소망자가 되게 하시는 당신은 진짜 계신지요?'

그 믿음을 믿게 하는 이야기는 신앙의 실체가 무엇인가를 생각하게 한다.

영기는 자주 환영에 시달렸다. 영기가 눈을 뜨고 있을 때는 뱀이 보이지 않았다. 어릴 적 영기를 학대하던 새엄마를 떠올리면 새엄마의 얼굴 위로 살모사가 겹쳐보였다. 뱀은 새엄마 노릇을 했던 여자의 입에서 튀어나와 영기의 입과 귀, 머리를 뚫고 두 개로 갈라진 혓바닥을 날름거리며 영기의 정수리에 똬리를 틀었다. 영기는 자신과 정확히 2미터 거리를 유지하고 있는 양심수를 앞에 세워두고 떠들어댔다.

"그때 그년을 죽였던 건 정말 잘한 일이었어. 그년은 사람이 아니라 살모사였으니까. 그런데 그년은 죽었는데 그년 안에 있던 살모사가 왜 나에게 왔느냐 말이지."

「아홉 개의 풍선」

구십 인생의 넋두리다. 그 구절양장의 이야기가 구성지다. 이제 누구나 백 세 인생을 사는 것이 당연시 되고 있다. 이에 따른 가정사와 생명의 품격을 생각하게 하는 소설이다.

부조리한 생의 이야기가 고즈넉하면서도 누구의 생이든 그렇고 그런 면이 있음을 엿보인다. '마음먹기에 따라 생은 동등한 것이다.' 그러기에 어떤 경우든 생은 생의 어려움을 이겨내는 기도가 있게 마련이다.

나는 깊은 잠에 빠진 희주의 머리를 한 번 쓰다듬었다. 인생이 진저리 쳐질 때가 한두 번이 아니었다. 그래도 살아냈다.

"할머니는 방안에 백자 항아리를 하나 두고 살았지. 견디기 힘들 땐 항아리에 편지를 써서 차곡차곡 담아두었어."

나는 십 년에 한번 씩 누렇게 빛바랜 편지들을 항아리에서 꺼냈다. 원망과 비통이 담긴 누런 편지들을 아침 햇살에 비추며 짓눌린 마음을 떠오르는 태양과 불어오는 바람결에 씻어냈다.

「에셀나무 아래서」

젊은 세대의 자살 충동이 그려지고 있다. 우리의 병든 사회를 엿보며 어떤 치유방법이 있는가. 문제의식의 희망을 신앙에 두고 있어 신의 답을 유추하게 한다.

세상 모든 사람은 살면서 사람에게 향기를 뿜는다. 사랑의 향, 미움의 향, 기쁨의 향, 슬픔의 향, 생의 향, 죽음의 향, 그중 사랑의 향이 제일 향으로 고급하여 신과 함께 공유한다. 이웃을 사랑하라는 참 사랑의 향기가 그것이다.

불을 끄면 묵직한 어둠이 나를 짓누른다. 캄캄한 무중력 진공상태에 내 몸이 붕 떠 있다. 천정이 머리 위로 와르르 무너져 내린다. 육중한 시멘트 더미가 끝도 없이 내 어깨 위로 쏟아진다. 나는 신의 저주를 받은 것일까? 귓가에선 알 수 없는 소리의 파열음이 들린다. 희미하게 속삭이는 울림이 환청 같기도 하고 메아리 같기도 하다. 매일 반복되는 검은 아침이 싫다. 이대로 영원히 눈을 감았으면.

「빈자리」

생의 빈자리는 무수히 많다. 그 중 아내의 빈자리는 공허 자체를 깨닫게 한다. 사랑이 깊을수록 뼈에 사무치는 빈자리.

사람 마음의 상처는 온전히 나을 수 있는가? 믿음으로 치유될 수 있다고는 하지만 그 믿음의 순도는 오로지 그분만 아신다.

아내의 눈에서 눈물이 주룩 흘렀다. 아내 수정이 마지막 숨을 내뱉었

정기옥 소설

다. 아내의 관을 싣고 화장터로 가는 날 추적추적 비가 내렸다. 화장터는 그날따라 줄지어 늘어선 망자들의 관으로 북적였다. 나는 화장 순번 대기표를 받아들었다. 화장터 직원들은 반복되는 일상인 듯 덤덤하고 무표정한 얼굴로 아내의 관을 화구에 밀어 넣었다.

두어 시간 지났을까? 나는 수골실 유리 칸막이 문 앞에 섰다. 마스크를 쓴 직원이 한줌 재로 변한 아내의 몸을 흰 장갑 낀 두 손으로 조심스레 추슬러 도자기 단지에 담아주었다. 살아있는 순간과 죽음의 강, 두 갈림길에서 사투하는 아내를 보며 나는 신을 향해 간절히 기도했고 점점 생명의 불꽃이 사그라지는 것을 보며 무던히도 신을 원망했다. 아내의 유골함 앞에서 함께했던 지난 추억들을 떠올렸다.

「돌을 든 여인」

무생물의 돌 속에 생명이 있다 할 수도 있고, 없다 할 수도 있다. 사람의 아집은 신 앞에서도 요지부동이다. 이것이 인생을 사는 동력이 된다. 그러나 종국에는 그 부질없음에 생은 절망한다. 이 절망 때문에 구원의 삶 이야기가 생에게 깨달음을 준다.

모두 내려놓고 자유하고 싶다. 그러면서도 더욱 거머쥐는 욕망의 한, 한이 굳어 돌이 되었다. 이고 지고 양손 거머쥔 돌, 기도로 내려놓습니다. 구겨진 마음이 펴지고, 짓눌린 몸이 가벼워 자유를 얻었습니다. 이제 그분을 따라 흰옷을 입겠습니다.

평설

"꿈속에서 큰 돌덩이를 머리에 이고 있는데 남편이 나타나더니 돌덩이를 번쩍 들어 치워 주더만. 내 등짝에도 돌 한 짐을 지고 있는데 큰 아들이 나타나서 그 짐을 내려 주고요. 그래도 내가 두 손에 쥔 돌멩이를 꽉 움켜쥐고 안 놓고 있으니께 눈이 부실 정도로 하얀 옷을 입은 젊은 양반이 내 곁에 와서 그 돌을 대신 가져가는 거 아니겠수."

"아! 하얀 옷을 입은 젊은 양반이 예수님처럼 보였지요?"

목사가 물었다.

이렇게 작품에서 부분 묘사력이 정교하고 단정한 문장을 짚어 보았다. 부분만 떼어놓아도 소설 전체를 상상하게 하는 문장과 묘사력은 작가의 창작세계 또한 넘보하게 한다. 그의 사모로서의 기도의 정신, 작가로서 정직한 창의 정신이 날로 새로워져서 좋은 작품을 생산하리라 기대된다.

이 여덟 편 단편소설은 정기옥 작가가 순전한 문학정신으로 낳은 아들딸들이다. 많은 독자들이 사랑하기를 바란다. ✻

|발문| 이건숙 소설가, 크문나무 주간

지금처럼 계속 정진하기를

지금처럼 계속 정진하기를

　정기옥 소설가는 2018년 등단하였으니 4년 만에 첫 창작집을 출판하는 셈이다. 그간 단편이 발표될 적마다 내가 처음 읽어보고 대화를 나누었으며 등단하기까지 상당히 많은 시간을 내 곁에 있어 많은 걸 내게서 흡수하려고 부단한 노력을 해서 내가 무척 아끼는 소설가이다.

　'크리스천문학나무 유튜브낭독 채널'에 내 단편소설들을 낭송하고 영상을 올리며 내가 쓴 소설을 상당히 많이 연구한 작가이다. 해서 그녀의 첫 창작집에 대하여 기쁨으로 발문을 쓰게 되었다.

　정기옥 소설가는 다양한 경험을 바탕으로 소설을 쓰고 있다. 그간 목회현장에서의 수많은 난관과 아픔 등 힘든 시련을 겪어왔다. 사실 목사의 아내인 사모란 자리는 보통여자들이 경험할 수 없는 다양한 군상을 만날 수 있는 위치이다. 교회란 한 나라를 축소해

놓은 왕국으로 사모란 그런 나라의 영부인인 셈이다. 하지만 현실 세계를 다스리는 대통령의 퍼스트레이디가 아니라 밑바닥부터 상류층까지 모든 사람을 사랑으로 돌봐야 한다. 저들을 온 영혼을 바쳐 돌보면서 (남편인 목사가 지향하는 천국을 향해 행군하는 무리들이 모인 왕국이란 뜻이다) 세상적인 영광의 자리라기보다 세상의 모든 고난과 고통은 물론 비리와 불의까지 꿰뚫어볼 수 있는 자리이기도 하다.

해서 정기옥 소설가의 첫 단편집에 등장하는 인물들은 참으로 다양하다. 이 세상의 축소판이다. 그런 사람들을 세상적인 시선으로 보는 것이 아니라 전능자의 시선을 닮은 가치관으로 보기 때문에 마무리도 사뭇 다른 소설과 판이하다.

등단 작품인 「돌을 든 여인」은 혼자되어서 3명의 아들을 키운 여자의 일생을 다룬 작품이다. 머리 위엔 언제나 무거운 돌덩이를 이고 있고 등에는 허리가 휠 정도의 돌이 매달려있다. 게다가 양손에는 들고 있는 돌들로 인해 미움의 구렁텅이에 빠져 살아가는 불행한 그녀의 꿈에 남편이 나타나서 머리 위의 돌을 치워주고 허무하게 죽어 가슴에 못을 박은 장남이 나타나서 등짝에 매달린 돌덩이를 가져갔다. 마지막 남은 두 손에 든 돌은 어린 손자들을 버리고 도망가버린 며느리가 안겨준 돌들인데 이건 하얀 옷을 입은 분이 꿈에 나타나서 그 돌들을 가져가버렸다. 몸이 가벼워진 주인공은 하얀 옷을 입은 분이 예수님이라고 확신하고 평안을 찾는 줄거리로 사모만이 쓸 수 있는 결론이다.

재혼가정의 아픔을 다룬 「빈자리」도 계모의 아픔을 천국의 한가운데를 흐르는 생명수를 마시고 자라는 생명나무를 닮은 정원을 가꾸는 자세로 임한다. 그런 가정으로 만들려고 참아가는 인내와 충성은 사모만이 추구할 수 있는 해결방안이다.

노인문제는 현실사회에서도 큰 문제이고 역시 교회에서도 마찬가지다. 이런 문제를 다룬 단편 「아홉 개의 풍선」, 청년실업자의 문제를 다룬 「에셀나무 아래서」이나 어린 시절의 상처로 「원형감옥」에 갇힌 남자의 일생을 조명하며 신의 은총만이 치유의 길임을 제시하기도 한다. 백혈병으로 세 살짜리 아들을 잃은 엄마의 아픔을 다룬 「마른 뼈」에서도 천국을 향해 행진하며 제시할 수 있는 길을 더듬기도 한다. 현대사회의 문제점인 치매를 다룬 「쉼 카페」나 돈이 되지 않는 작가의 길을 가고 있는 가난한 글쟁이의 아픔을 다룬 「두 그림자」 등 정기옥 사모는 다양한 군상들을 주인공으로 내세워 그들을 끌고 그들의 인생길을 성공적인 삶으로 만들어가며 천국을 향해 행진하는 단편들을 써냈다.

사실 특수한 자리에서 경험한 체험을 소재로 내세워 자신의 신앙관과 가치관 그리고 가장 바람직한 모델이 되는 인간상을 상상과 체험을 통하여 제시하는 정기옥 작가의 글은 보통 단편과 다른 시선으로 독자의 마음을 위로하며 그렇다고 긍정할 수 있는 치유의 글들이기도 하다.

정기옥 소설가는 등단한 뒤에 4년간 글을 열심히 써내며 이젠 단련된 모습으로 우뚝 섰다. 앞으로 꾸준히 정진하여 우리 130년 기독교 역사에 널린 숨겨진 수많은 것들을 아름다운 창조주의 시선으로 재창조하는 좋은 작품들을 쏟아낼 것으로 기대하며 많은 독자들의 구독을 간절히 바란다. ✯

표지 · 본문 그림 윤문선 화백 화보 회화로 보는 믿음의 세계

표지 · 본문 그림 윤문선 화백 화보 회화로 보는 믿음의 세계

仁山 **윤 문 선** | YOON MOON SUN

E-mail : yonmon22@hanmail.net

학력

1975년 경희대학교 미술대학 미교과 졸업
1985년 한국침례신학대학 신학과 졸업
2005년 아틀란타 루터라이스신학대학원 목회학 박사

경력

개인전 13회
1977년 ROTC 육군 중위 전역
1978~1985년 화곡고등학교 미술교사
1989~91년 브라질 상파울로 한인제일침례교회 담임목사
2008~2019년 죠이선교회 이사장
2005~2014년 한국침례신학대학이사
2020년 대한민국기독교미술대전 심사위원장
2020년 대한민국 ROTC 목사회 대표회장
2020년 은혜복지재단 이사
1984~2020년 천안 참좋은수양관 관장
1984~2020년 현 참좋은교회 담임목사

쉼 카페

1쇄 발행일 | 2022년 12월 20일

지은이 | 정기옥
펴낸이 | 윤영수
펴낸곳 | 문학나무
편집 기획 | 03085 서울 종로구 동숭4나길 28-1 예일하우스 301호
이메일 | mhnmoo@hanmail.net

출판등록 | 제312-2011-000064호 1991. 1. 5.
영업 마케팅부 | 전화 | 02-302-1250, 팩스 | 02-302-1251
ⓒ정기옥, 2022

값 15,000원

ISBN 979-11-5629-154-1 03810

이 소설집은 한국예술인복지재단 신진예술인 창작준비지원사업 창작씨앗지원금을
일부 받아 제작하였습니다.